깊 은   밤 의   파 수 꾼

KB016041

목차

들어가며.　　　나는 오늘 세상을 구했어요

1장.　　　깊은 밤 속으로

014　　　학력 위조
018　　　헛똑똑이
024　　　고객님, 저 졸려요
030　　　재능의 기원
036　　　깨끗하고 아늑한 곳

2장.　　　기쁨과 슬픔이 공존하는 일터

044　　　새벽, 용서의 시간
050　　　값 매길 수 없는 선물
058　　　투잡 유행
062　　　누구나 사랑할 자격이 있다
070　　　먹고살자고 하는 일

3장.　　　타인이라는 지옥

078　　　왜 계집애처럼 말을 해
084　　　연극이 끝나고
090　　　비폭력 대화
098　　　가족 말고
104　　　숨소리에도 매겨진 점수
110　　　친절함과 다정함

4장.　　　　　**세상의 어둠을 가로지르며**

120　　　평생 모은 돈이 사라져 버렸어요

126　　　깊은 밤의 파수꾼

134　　　술이 웬수다

140　　　얼굴 없는 범죄들

5장.　　**노동자, 혹은 좋은 이웃으로 살아남는 법**

148　　　미용실에서

154　　　갑의 삶, 을의 삶

162　　　가늘고 길게

172　　　살아남은 상담사의 슬픔

178　　　타인의 삶

6장.　　　　　**밤은 계속된다**

188　　　달밤에 스쾃

196　　　너무나 비극적인

202　　　줄어든 사나이

208　　　여기 없는 삶

나는 오늘 세상을 구했어요

쉴 새 없이 딸깍거리는 마우스 클릭 소리 위에 고객과 사고
확인 통화를 하는 동료들의 지친 목소리가 어우러진 저녁이다.
카드 결제 내역이 멈추지 않고 스크롤되어 올라오는 모니터
화면에 집중하던 나는 미심쩍은 고액 온라인 상품권 결제 시도를
발견한다. 스무 살 고객의 카드다. 사회초년생을 노린 검찰 사칭
보이스피싱 사고가 몇 년째 유형을 조금씩 바꿔가며 터지고
있었다. 의심거래를 감지한 시스템이 일시적으로 거절시킨
건이기에 빨리 조치하면 피해를 막을 수 있다. 카드를 정지한
다음에도 승인 시도는 계속된다. 고객에게 보이스피싱을
경고하는 문자를 보내고 전화 연결을 시도하지만 계속 통화
중이다. 지금 고객이 다른 금융정보를 넘기고 있을 거라 생각하니
답답하지만 당장은 더 할 수 있는 일이 없다. 십여 분 후 겨우
통화 연결이 되었다.

　"이상하게 카드 이용이 안 되네요, 상담사님."
　"고객님, 검찰이나 금감원 직원이라는 연락받고 온라인
　　상품권 구매 시도하셨죠?"
　"검찰 수사관님이 제 계좌가 금융사기범들에게 도용당한 것
　　같다고 연락하셨어요."

"보이스피싱입니다. 카드는 다행히 승인이 발생하기 전에
막았습니다."

"아니에요. 제가 의심하니까 톡으로 검찰 공무원증이랑
수사의뢰서도 보내주셔서 다 확인했어요. 계좌 정지 전에
제 예금을 상품권으로 바꿔서 안전하게 보관하도록
도와주기로 하셨다구요!"

"검찰도 어떤 수사기관도 메신저로 수사의뢰서 같은 걸
보내지 않습니다. 온라인 상품권을 사게 하지도 않고요.
고객님 신분증을 사진 찍어 보내라 하거나, 휴대폰에 무슨
앱을 설치하게 하지는 않았나요?"

"어떤 앱을 깔고 정보 입력을 하라고 했어요. 공범이 아닌 걸
증빙하려고 온라인 간편 대출까지 받아서 보냈는데…"

고객은 이제야 사태 파악이 되었는지 울음을 터뜨린다.
흐느끼는 고객을 위로하고 있을 겨를이 없다. 상품권 결제를
시도한 카드는 정지해두었으니 대출을 받아 입금한 은행으로
연락해 지급정지를 요청하고, 보이스피싱범과 통화하는 사이에
자신도 모르게 노출한 정보가 있는지 확인해서 더 이상 피해가
생기지 않도록 신신당부했다. 피싱범들은 공무상 비밀누설죄를
운운하며 겁을 주어 피해자들이 고립무원 상태에서 지시에
따르게 한다. 나이 어린 고객들은 상황이 이상하다는 것을
직감하고도 혼자 끙끙대다 피해를 키우는 경우가 많았다.

꼭 가족에게 알려 상의하고 경찰서 사이버 수사대에 신고해
도움을 받으라는 말을 보태고 전화를 끊었다.

나는 15년째 카드사 야간 상담사로 일하고 있다.

카드사 콜센터에서 야간 상담을 하다가 몇 해 전
사고예방센터(FDS)로 옮겨 현재는 카드 부정사용 모니터링과
사고 상담을 한다. 갑질 고객, 직장 내 괴롭힘 사건이 연이어
터지던 십여 년 사이 콜센터 상담은 힘겨운 감정노동의 전형으로
사회의 뜨거운 관심을 받았다. 코로나 초기 집단 감염 사태를
겪으며 열악한 업무 환경과 부당한 노동 조건도 다시 부각되었다.
밤샘 노동이 건강에 미치는 나쁜 영향 역시 암울한 통계와 함께
뉴스가 된다. 한국 사회 노동의 어두운 면들을 한곳에 모아놓은
듯한 일터에서 나는 용케도 오랜 시간 일해오고 있는 셈이다.

문득 이한 작가의 책『삶은 왜 의미가 있는가』에 인용된
'시간 제거 기계'라는 사고 실험이 떠오른다. 기계 안에서 의식을
잃었다가 깨어나면 그 시간이 아무 고통도 없이 사라진다. 당신이
일해서 받고 있는 만큼 임금을 준다면 일하는 대신 기계에
들어갈 것인가. 당신의 일이 임금 이상 아무 의미도 없다면
기계에 들어가는 것이 맞다. 만약 지금이라도 야간 상담사로 지낸
과거에 대한 망각을 제안받는다면 어떻게 할까.

내가 할 일은 아이들이 절벽으로 떨어질 것 같으면,
재빨리 붙잡아주는 거야. 애들이란 앞뒤 생각 없이 마구
달리는 법이니까 말이야. 그럴 때 어딘가에서 내가
나타나서는 꼬마가 떨어지지 않도록 붙잡아주는 거지.
온종일 그 일만 하는 거야. 말하자면 호밀밭의 파수꾼이
되고 싶다고나 할까.

　어린 시절 『호밀밭의 파수꾼』을 읽으며 주인공 홀든의
꿈처럼 살아도 좋겠다고 생각한 적이 있다. 그런데 그것이 실제로
일어나버렸다! 머리에 쓴 헤드셋이 쇠코뚜레처럼 느껴지고 높은
파티션으로 둘러싸인 상담 공간이 호밀밭만큼 낭만적인 일터는
아니지만, 곤경에 빠진 고객을 돕는 콜센터 상담이나 금융범죄를
막는 부정사용 모니터링 모두 뛰어노는 아이들이 절벽에서
떨어지지 않게 붙잡아주고 싶어 하던 홀든의 작은 소망과 비슷한
일이다. 스무 살 고객의 보이스피싱 피해를 온전히 막아주지
못했듯 파수꾼 임무는 자꾸만 실패하지만, 나는 어느 오래된
팝송 제목처럼 오늘도 조금씩이나마 세상을 구하려 안간힘을
쓴다.

　왜 상담 일을 계속하는 걸까. 이 책에 무슨 이야기를 담을
수 있을까. 책을 쓰는 내내 고민했다. 야간 상담사로 살아가는
삶에서 긍정적 의미를 찾는 일이 숱한 감정노동자들과

야간노동자들의 열악하고 부당한 노동 현실을 감추게 되지는
않을까. 꿈을 잃어버린 중년의 자기 위로만 읊조리는 건 아닐까.
걱정과 주저함 속에 더디게 완성한 책 속에는 내가 살아가는
세상에 대한 낙관과 회의가 공존한다. 현재 삶을 끌어안는 긍정과
삶 너머를 바라보는 갈망이 혼란스럽게 뒤섞여있다.

　　나는 '시간 제거 기계'에 들어가지 않겠다. 상담사로 지내온
시간에 대한 망각을 거부한다. 누군가를 구하기 위해 애쓰던
파수꾼의 시간은 허무와 무의미의 나락에 떨어질 수 있었던
나 자신을 구하는 시간이기도 했다. 그 시간의 의미를 온전히
기억하고 되새기기 위해 이 책을 쓴다.

✳

고객의 민감한 개인정보와 금융범죄를 다루는 직업이기에 고객과의 일화나 보안
관련 정보를 다루는 데에 특별히 신중을 기해야 했다. 고객의 신상이 특정되거나
유추되지 않도록 의미를 훼손하지 않는 선에서 세부 내용을 바꾸었고, 구체적인
업무에 대해 모호하게 기술했음을 밝혀둔다. 글 속에 등장하는 동료들의 이름도 모두
가명이다.

1 장.

깊은 　 밤 　 속 으 로

학력 위조

"신입 상담사분들, 자기 이력서 마지막으로 확인하고 고칠 거
  있으면 얼른 수정하고 나오세요."

4주간 교육을 받으며 친해진 입사 동기들이 차례로
사무실로 들어갔다가는 바로 나왔다. 사무실에 켜놓은 컴퓨터가
한 대뿐이라 한 명씩만 들어가야 해서 다행이었다. 내 차례다.
컴퓨터 앞에 바짝 긴장하고 앉아 서둘러 이력서를 수정해 나갔다.
고졸로 되어있는 최종 학력에 대학 입학과 졸업 이력을 더하고,
이에 맞춰 인생의 타임라인을 수정하고, 또 자기소개서에 대학
시절 아르바이트 경험을 더했다. 사무실 유리창에 얼굴을 붙인 채
얼른 나오라고 장난스러운 표정을 짓는 동기들과 눈이 마주치자
진땀이 흘렀다.

2010년이 시작할 무렵, 삼십 대 후반으로 접어든 나는 삶이
좀 막막한 상태였다. 제법 안정되고 월급도 잘 나오던 직장을
그만두고, 드라마 작가가 되어보겠다고 여러 아르바이트를
하며 버틴 지 여러 해가 지났지만 성과가 없었다. 오래전
독립해 나온 본가의 가족은 커다란 경제적 재난으로 벼랑 끝에
내몰려있었다. 얼마 전 살림을 합친 여자친구에게 짐이 되지

말아야 한다는 생각이 간절했다. 돈이 필요했다. 예전 직장 경력으로, 알량한 글재주로 일자리를 구하는 데 자꾸만 실패하자 마음이 조급해졌다. 구인구직 사이트에서 '야간 근무'라는 조건 하나만을 넣어 검색했다. 본가의 파산을 정리하느라 여기저기 뛰어다녀야 해서 낮에는 시간이 없었고, 단순한 산술로 야간 수당을 더하면 주간 직장보다 임금을 더 받을 수 있을 것 같았다. 택배 상하차나 공장 근무 같은 다른 야간 직종보다 체력 부담이 적고 업무 익히기도 쉬워 보이는 야간 콜센터가 눈에 들어왔다. 많은 온라인 인력 알선 업체가 주야간 가리지 않고 상시로 콜센터 상담사 모집을 하고 있었다. 이직률이 무척 높은가 보다. 업무가 생각보다 힘든가? 아무튼 취업하기도 비교적 쉽다는 뜻이었다. 출퇴근이 가능한 수도권 지역의 콜센터라면 업무 분야에 상관없이 이력서와 자기소개서를 보냈다. 서류 통과야 어렵지 않을 거라 생각했지만 아무 데서도 면접 보러 오라는 회신이 오지 않았다. 점점 초조해졌다.

 이력서에 적은 마흔 가까운 나이가 신경 쓰였다. 야간 상담 부서엔 나이 지긋한 남자들이 많다는 정보를 들었지만 계속 밤샘을 하는 일이라면 체력이 받쳐줘야 하니, 한 살이라도 젊은 구직자를 우선 찾지 않을까. 하지만 나이는 속일 수 없다. 또 하나 마음에 걸리는 건 곧이곧대로 작성한 대졸 학력이었다. 채용 담당자가 보기에 업무와 아무 연관이 없는 간판뿐인 학력이라면,

기회를 엿보아 이직하거나 버티지 못하고 집어치울 거란 선입견이 들지 않을까. 고민 끝에 이력서를 다시 썼다. 콜센터 경력은 없지만 고객을 상대하는 다양한 아르바이트와 직장을 거치며 맡은 바 소임을 다한 성실한 고졸 학력의 구직자로 나를 소개했다.

최종 학력을 낮춰서 이력서를 제출한 덕택일까. 이후 딱 한 군데 업체에서 서류 심사 통과 회신이 왔고, 면접을 거쳐 카드사 콜센터 심야 상담 업무직에 합격 통지를 받았다. 4주 간의 업무 교육을 마치던 날, 우리를 인솔하던 직원이 사전에 제출한 이력서와 자기소개서를 최종 검토하고 수정할 시간을 준다고 했다. 기회가 생기자 다시 머리가 복잡해졌다. 나중에 회사 동료들과 얘기하다 이력서에 적어놓은 삶의 이력과 앞뒤 안 맞는 말을 하게 되면 어떡하지? 아니면 서류를 통과하고 합격한 이상 가짜 고졸자보다 진짜 대졸자로 인정받고 싶었던 보잘것없는 욕구 때문이었을까. 나는 혼자 들어간 사무실에서 학력을 다시 대졸로 고쳤다. 당연하게도 첫 콜센터에서 일한 2년여 기간 동안, 고친 이력서와 관련해서 아무 문제도 생기지 않았다. 신입 상담사 대부분이 입사 석 달을 넘기지 못하고 퇴사하는 콜센터에서, 거짓으로 쓴 기존 이력서나 뒤늦게 수정한 이력서 내용에 관심을 가질 이는 없었다. 아마 회사 채용 담당자나 콜센터 매니저의 컴퓨터 인사 파일 속에 파묻혀 있다 보존 기간 경과 후

삭제되었을 것이다.

첫 정식 출근에 대한 안내를 받고 집으로 가던 길, 학력 위조를 출세에 이용했다가 들통난 유명인들의 요란한 추문이 떠올랐다. 내 경우는 그들과 다르게 생계형 학력 위조라고 합리화하고 싶었지만 서류 전형 한번 통과해 보겠다고 이력서에 학력을 누락한 일이나 다시 몰래 고쳐 넣은 일이나 한심하고 낯부끄러운 짓이었다. 지난 시절 학생운동 하던 이들은 대학 학력을 감추고 공장에 위장 취업해 노동운동을 했다. 그들이 이후 살아간 모든 삶의 궤적에 동감하지는 않았지만, 순탄하게 살아갈 수 있는 인생을 스스로 포기한 결단이 당시엔 놀라웠다. 따라 해볼 엄두도 나지 않았던 그런 선택을 나도 생계 핑계로 해내고야 말았구나 하는 자괴감이 들었다.

헛똑똑이

몇몇 사무실을 빼고는 불이 꺼진 깜깜한 고층 빌딩에 들어섰다.
이른 잠을 청하는 이들이라면 이미 잠자리에 들었을 시각이다.
첫 출근날이었다. 신입 교육을 받느라 겪은 주간 콜센터 현장은
큰 사무실을 가득 채운 수백 명 상담사들이 동시에 상담하는
소리로 시끌벅적했다. 야간 부서는 주간과는 분위기가 달랐다.
쭈뼛쭈뼛 문을 열고 들어섰을 때 남자 상담사 예닐곱이 사무실
구석에 한 줄로 나란히 앉아 멀뚱멀뚱 상담 대기를 하고 있었다.
다들 나를 힐끔 쳐다보고는 더 이상 관심을 보이지 않았다.
먼저 와있던 신입 동기 광식이만 씩 웃으며 손 흔들어
반겨주었다.

　　뻘쭘하게 서있는 나에게 관리자가 다가와 자기를 야간
SV라고 소개하며 빈자리로 안내했다. 처음엔 SV라는 말조차
낯설었다. 나중에 다른 카드사 콜센터로 옮기고 나서야 상담사를
직접 관리하는 관리자의 명칭이 카드사마다 조금씩 다른 걸
알았다. 슈퍼바이저(Supervisor:관리자)의 줄임말인 SV라 부르는
곳도 있고, 야간 파트 또는 팀의 책임자라는 의미로 파트장이나
팀장이라고 부르는 곳도 있었다. SV는 나와 광식이를 앉혀놓고
밤새워 돌아가는 야간 상담 업무에서 실제로 겪게 될 상황에
대한 실무 교육을 했다. 교육 기간에 배운 지식이나 이론은

실무와는 동떨어져있다고 했다. 선임들 옆에 앉아 실제 고객과의 상담 통화를 헤드셋으로 연결해 함께 들으며 영어 회화 따라 읽듯 속으로 스크립트를 말해보고, 광식이와도 새벽에 시간을 내어 상담사와 고객 역할을 바꿔가며 연습하기를 계속했다.

첫 출근을 하고 몇 밤이 지나서였을까. 드디어 직접 첫 콜을 혼자 받아야 하는 순간이 왔다. 콜이 잦아든 새벽, 다른 상담사들이 모두 상담 대기 상태를 휴식 모드로 바꾸고 나 홀로 대기 버튼을 누르자, 1초도 되지 않아 신입 상담사들이 가장 두려워한다는 콜 인입 신호음이 울렸다. 카드 비밀번호 등록을 요청하는 단순하고 평범한 콜이었지만 난 카드사 소속과 내 이름을 덜덜 떨며 겨우 말한 것 말고는 수없이 연습한 스크립트 속 문장 한 마디도 제대로 말하지 못했다. 줄줄이 읽어 내려가기만 해도 되는 스크립트 순서를 멋대로 바꿔 읽고, 고객 말을 알아듣지 못하고 죄송하지만 뭐라고 하셨냐는 물음만 반복했다.

며칠 동안 밤새도록 스크립트를 보며, 또 SV나 광식이를 상대하며 했던 상담 통화 연습은 실제 헤드셋 속 고객과 단둘이 맞이하는 상황과 너무도 달랐다. 미리 준비한 스크립트와 조금 다르게 고객이 응답하자 다음 말을 어떻게 이어가야 할지 머릿속이 하얘졌다. 고객 본인 확인이 되기 전엔 절대 먼저 언급하지 말아야 할 정보까지 말해버렸고, 본인 확인을 할 땐 순서도 필수 멘트도 지키지 않았다. 모니터 화면 속 비밀번호 등록 버튼도 찾지 못하고 버벅거렸다. 고객은 다음 단계를 진행하지 못하고 당황해서 숨소리만 간신히 내고 있는 어리버리한 초짜 상담사를 참을성 있게 기다려주다가 조심스럽게 물었다.

"급하지 않은데 다음에 다시 전화할까요?"
"그게 아니라… 저… 버튼이 보이지 않아서….."

제대로 양해조차 구하지 못하고 웅얼거리는 나를 걱정스럽게 지켜보던 SV가 달려와 대신 상담을 해결해주고 나서야 끔찍했던 첫 콜은 끝이 났다. SV는 자책하고 창피해하는 나를 위로했다. 콜센터 상담 경력이 없는 상담사의 첫 콜은 누구나 그렇다고 말이다. 콜이 들어왔는데 전화가 끊어질 때까지 한 마디도 못 하고 얼어붙었던 신입도 있었다고 했다. 들어오는 콜을 겁내지 않고 익숙해지기까지는 시간이 걸릴 거라고, 대부분 그 시간을 견디지 못해서 포기하고 떠난다고 했다. 첫 출근날 이후 한동안 선임들이 나에게 거의 말을 걸지 않고 관심도 주지 않았던 이유다. 늦은 나이에 콜센터 경력도 없이 들어온 내가 입사 며칠 만에 퇴사하던 기존 신입들과 달리 버텨낼 거라고 생각하지 않았다. 십여 년이 지나도록 야간 상담사로 일할 거라고는 더욱 상상도 못했을 거다. 나조차도 상상한 일은 아니었으니까.

콜을 많이 받을수록 적응이 빠를 거라는 조언대로 나는 상담사마다 돌아가며 짧게 주어지는 휴식시간도 반납하고 자리를 지켰다. 일주일 남짓 지났을까. 콜이 들어오면 입이 얼어붙고 머리가 굳어버리는 콜 공포증에서 비교적 빨리 탈출했다. 수영을 배우는 과정과 비슷했다. 초심자에게 수영 배우기의 가장 큰 벽은 물을 먹을까 두려워해서 생기는 호흡의 문제다. 몸을 띄우고 팔을 젓고 다리를 뻗어나가는 일은 그 다음이다. 신입 콜센터 상담 일도 그랬다. 다양한 업무 지식은 어차피 금방 쌓을 수 없으니 모르는 업무에 대한 문의가 들어올 경우 고객에게 양해를 구하고 관리자나 선임에게 확인한 다음 안내하면 된다. 하지만 콜을 받는 일 자체를 두려워하면 누구도 대신해 주거나 도와주기가 어렵다. 수영을 배울 때 들이쉬고 내쉬는 타이밍을 맞추지 못해 몇 번이고 코나 입으로 물을 들이키더라도 겁먹지 말고 물 속에 얼굴을 집어넣어 숨쉬기를 하다 보면 점차 호흡이 익숙해진다. 마찬가지로 생애 첫 콜처럼 창피한 상황을 계속 겪으면서도 휴식 버튼을 누르지 않고 무작정 콜을 받다 보니 여유와 자신감이 생겨났다.

상담 업무에 익숙해지고, 선임 동료들과도 대화를 트고, 이제 말없이 회사를 그만두지는 않을 거라는 믿음을 주었겠지 싶을 때, SV에게 월차 휴가를 언제부터 낼 수 있냐고 물었다가 뜻밖의 대답을 들었다.

"야간 상담 파트는 휴가가 따로 없어요."

　　야간 파트는 늘 근무 정원이 부족한 상태로 운영되다 보니 휴가자가 생기면 바로 콜 응대율이 낮아지기에 관리자인 자신을 포함해 아무도 일 년에 딱 한 번 여름휴가를 빼고는 휴가를 가지 못한다는 설명이었다. 응대율이 95% 밑으로만 내려가도 다음 날 아침에 자신이 매니저에게 불려가 닦달을 당한다고 했다. 콜 공포증 극복하기에 바빠 신경도 쓰지 못하던 벽에 걸린 콜 응대율 전광판이 비로소 눈에 들어왔다.

　　어느 콜센터나 비슷한 사정일 거라는 SV의 대답에 그 이상 말을 꺼내지 않았다. 더 불만을 보이고 문제제기를 하다가는 절이 싫으면 중이 나가라고 할 것 같았다. 힘겹던 구직 과정을 반복할 자신이 없었고, 당장은 돈을 벌어야 할 사정이 급했다. 해가 바뀌어 새로 온 매니저가 두 달에 한 번 휴가를 내도록 규정을 바꾸기까지 꼬박 일 년 동안, 여름휴가 한 번 쓴 것 말고는 하루도 온종일 쉬는 날 없이 출근과 퇴근을 반복했다. 새로 생긴 휴가도 얼마 후 결원이 생겨 인원이 부족해지자 슬그머니 사라졌다.

　　훗날 이직한 콜센터에서는 입사 다음 달부터 매달 월차 휴가를 낼 수 있었다. 그때가 되어서야 야간 상담 부서라고 휴가가 없는 게 당연하지 않다는 걸 알았다. 처음 일한 콜센터에서 유독 들어오는 신입마다 조기 퇴사해 계속 정원이 부족했던 이유는 일년 내내 휴가가 없던 열악한 노동 조건이 아니었을까. 젊은 시절 노동권이니 인권이니 온갖 진보적이고 이상적인 삶의 방식에 대해 떠벌렸지만, 정작 내가 일하는 일터에서는 회사 그만두라는 소리 들을까 무서워 휴가 하나 법대로 달라고 말하지 못하는 나는 헛똑똑이였다.

고객님, 저 졸려요

두 시간이 지나도록 민원 고객과 통화 중이다. 내 덕에 덩달아 퇴근을 못 하는 SV와 눈이 마주치면 먼저 들어가라고 표정과 손짓으로 신호를 보내지만 그는 모른 척 자리를 지킨다. 벌써 시각은 정오를 향해간다.

아침 퇴근 직전에 들어온 콜이다. 퇴근하고 후다닥 집으로 가는 순간이 최고의 기쁨인 야간 상담사에게 가장 운이 나쁜 콜이었다. 처음부터 심상치 않은 목소리였지만 길어봐야 삼십 분이겠지 생각한 건 오산이었다. 중년 고객은 주유소 결제마다 포인트가 적립되는 카드를 이용하는데 오늘 아침에 평소와 달리 적립이 안 됐다고 한다. 몇십 원이나 몇백 원? 적은 금액이라도 고객 입장에서는 충분히 불만을 제기할 만한 사안이니 잠시 기다려달라 하고 확인을 요청했다. SV가 여러 부서로 문의를 한 다음에 회신을 해왔다. 오전 9시 이전 카드사 업무가 완전히 개시하기 전에는 시스템상 제대로 작동하지 않는 업무들이 많다. 고객이 결제한 카드 포인트가 바로 적립되지 않은 이유도 그 때문이었다. 기술적인 영역이라 고려 사항이 많아 적립 시점을 정확히 확인해줄 수는 없지만 늦어도 당일 오후에는 반영 처리될 예정이었다.

고객은 안내에 만족하지 않고 당장 적립을 처리하기를
요구한다. 주간 상담 부서로 이관해 적립을 확인한 시점에 연락을
드리겠다는 제안도 거부한다. SV가 기술 부서로 연락해 강성
민원이라는 사정을 전달하고 바로 처리가 가능한지 문의하지만
불가능하다는 답을 받는다. 이제부터 나도 SV도 더 이상
고객을 위해 실제로 해줄 수 있는 일은 없다. 고객이 너그러이
받아줄 때까지 인내심을 가지고 불만을 들어주며 불편을 끼쳐
죄송하다는 사과를 반복할 뿐이다. 고객은 좀처럼 지치지 않는다.
카드사 시스템의 문제를 반복해서 지적하며 당장 적립을 시킬
방법을 찾으라고 한다.

“적립이 정상적으로 이루어지지 않아 고객님의 마음이 상한
  것을 충분히 이해합니다.”

“시스템 사정상 적립이 지연되는 것을 너그러이 양해
  부탁드립니다.”

“바쁜 시간에 이렇게 불편을 끼친 데 대해 거듭 사과를
  드립니다.”

지금쯤이면 집에 가서 아침 먹고 티브이 채널 돌려보며
게으름 피우다 자려고 누웠을 시간이다. 시간은 무심히 흘러가고

졸음이 밀려와 눈꺼풀에 힘이 풀린다. 하품을 참기 힘들다. 눈에 힘을 주고, 뺨을 때리고 꼬집는다. 긴장의 끈을 조여매야 한다. 욕설을 하거나 무작정 화를 내는 고객보다 목소리 높이지 않고 냉정하게 자기 주장을 반복하는 고객이 더 위험하다는 걸 경험으로 안다.

　　오래 통화를 해야 하는 민원 상황이 닥쳤을 때 앵무새처럼 같은 말을 반복하는 걸 피하려고, 또 나름대로 고객을 설득해 보겠다고 응대의 말이나 논리를 즉흥적으로 만드는 경우가 있다. 고객이 잘 이해하고 넘어간다면 다행이지만 이미 했던 답변과 조금이라도 다른 답을 할 위험이 생긴다. 강성 민원 고객은 이런 틈을 잘 파고든다. 상담 도중에 했던 말의 모순이나 허점을 트집 잡히면 '오안내 민원'으로 상담사가 책임을 뒤집어쓰고 만다. 어떤 고객은 상담사에게 잘못된 안내를 받았다고 주장하며 몇 시간에 걸친 해당 통화 녹취를 모두 타이핑해서 보내라는 요구를 했고 녹취 속 상담 내용에서 상담사 말이 조금 바뀐 것을 문제 삼아 보상 민원을 제기했다.

　　아무리 졸려도 나도 모르게 귀찮아하거나 짜증스러운 말투를 내비치지 않도록 다시 얼굴을 비비며 정신을 가다듬는다. 민원을 걸겠다고 작정한 고객은 보상 요구가 통하지 않고 상담 내용에서 꼬투리를 잡지 못할 경우 상담사의 불손한 태도나 말투를 문제 삼는다. 이른바 '불친절 민원'이라 부르는 이 민원은 더욱 해결하기가 힘들다. 녹취를 확인해서 상담사의 불친절이나 잘못된 태도가 발견되지 않아도 고객이 그렇게 느꼈다면 상담사는 무조건 사과해야 한다. 전설처럼 내려오는 민원 사례가 있다. 고객은 상담사의 불친절을 문제 삼으며 한 달 동안 매일매일 손으로 쓴 반성문을 보내도록 요구했고 상담사는 울면서 반성문을 썼다고 한다. 이 요구는 콜센터 상급 관리자 여럿이 초콜릿과 상품권 선물을 들고 고객을 방문해 사과한 후에야 멈춘 것으로 전해진다. 상담사는 그 일을 겪은 후 끝내 퇴사를 했다고 한다. 난 반성문의 수모를 겪고 싶지도, 그런 꼴로 회사를 나가고 싶지도 않았기에 공감과 양해와 사과를 보여주는 응대에 초콜릿 못지않은 진심과 정성의 기운을 듬뿍 담았다.

결국 정오가 되어 길었던 상담이 끝났다. 고객은 오전에 적립이 되지 않은 것에 유감을 표시하며 전화를 끊었다. 나를 위로하는 SV에게 내 통화 때문에 퇴근이 늦어져 미안하다고 말하고는 지치고 무거운 발걸음을 옮겨 집으로 향했다. 아무리 조심했다 해도 그렇게 긴 통화에 왜 실수와 헛점이 없겠는가. 나는 며칠 후 무슨 불만 민원이 되어 올라올지 초조하게 기다렸다. 날짜가 지나도 민원 소식은 없었다. 오안내 민원도 불친절 민원도. 털어도 딱히 민원이나 보상을 제기할 건덕지가 없을 때 종종 나오는 통신요금 물어내라는 민원도 받지 않았다. 대결은 승리했다. 그러나 제때 퇴근하고 집으로 달려가는 야간 상담사의 가장 큰 기쁨을 빼앗겼으니 상처뿐인 승리였다. 회칼을 들고 죽이러 오겠다는 협박을 들은 것도 아니고, 부모 형제 언급하며 퍼붓는 욕을 들은 것도 아니니 경력 초반 그 민원 통화는 내 콜센터 시절 최악의 콜 리스트에 들지도 못한다. 하지만 굉장히 차분하고 조근조근한 말투로 세 시간 가깝게 나를 괴롭히던 고객의 마음은 세월이 꽤 지난 지금도 여전히 궁금하다. 혹시 "고객님, 저 졸려요." 하고 솔직하게 말하면 평화롭게 끝날 통화였을까?

재능의 기원

콜센터 고객 응대 교육을 받을 때면 강사들이 종종 사탕이나
초콜릿 같은 상품을 걸고 상담 화법에서 가장 중요한 요소가
무엇인지 퀴즈를 낸다. 그날의 교육 주제에 따라 약간씩
달라지지만 결국 넓은 의미에서의 모범 답안은 경청과 공감,
즉 고객의 말을 잘 들어주고, 고객의 사정을 내 일처럼 마음으로
이해해 주는 태도다. 순발력이 부족해 한 번도 상품을 받은 적은
없지만 사실 오래전에 난 경청하고 공감하는 태도를 알몸으로
체득해야 했던 적이 있다.

본가에서 먼 회사를 다닌다는 구실로 독립해 나와 살기
시작한 서른 살 즈음 늦가을 무렵의 일이다. 세를 얻은 곳은
재개발을 앞둔 성수동의 구옥 단칸방이었다. 무척 싼 월세를
생각하면 그럭저럭 지낼 만했는데 단지 온수가 나오지 않아
추운 날 씻는 일이 불편했다. 당시 취미였던 달리기를 하고
돌아와 유일하게 씻을 수 있는 공간인 좁은 재래식 부엌 바닥에서
들통에 데운 물로 샤워를 시작한 참이었다.

"학생! 나랑 얘기 좀 해."

현관문을 두드리는 소리가 났다. 벽 위 눈높이 정도에 가로로 길쭉하게 난 창으로 술기운에 얼굴이 불콰한 옆방 아주머니가 보였다. 씻고 있으니 나중에 얘기하자고 해도 아주머니는 막무가내로 당장 자기 얘기를 들어줘야 한다고 고집을 부린다. 전에 두어 번 술 취해 나를 찾아와 신세 한탄을 할 때 들어준 게 화근이었다.

벌거벗은 몸이 창틈으로 보일까 잔뜩 웅크린 채 아주머니의 한 맺힌 인생 이야기를 또 들었다. 불행한 어린 시절, 이혼한 남편에게 빼앗긴 아이, 자기를 쫓아낼 궁리만 하는 게 틀림없는 집주인과 동네 사람들에 대한 분노. 전에도 반복했던 이야기였지만 아주머니는 이미 학생이 아닌 지 오래인 나를 학생이라 부르며 처음 털어놓는 듯 얘기했다. 나는 아주머니의 한탄에 추임새를 넣고 맞장구를 쳐주고, 그때그때 생각나는 조언을 두서없이 던지기도 했다. 몸에 끼얹은 물이 차게 식어 오들오들 떨고 있는 상황이 어서 끝나기를 고대하면서. 삼십 분 넘게 이어지던 알몸의 인생 상담은 아주머니가 자기 얘기를 들어줘서 고맙다 하고 훌쩍 가버리며 끝이 났다.

물론 이 일화는 경청과 공감의 바람직한 예시가 아니다. 콜센터 교육 강사의 어법으로 말하자면 상담사가 주도하지 못하고 고객에게 끌려다닌 실패한 상담이다. 옆방 셋집 아주머니의 기구한 인생사야 너그러이 들어줘도 되겠지만,

콜센터에서는 늦어지는 통화 연결을 참고 기다리는 다음 고객을 위해서도, 상담사의 콜 실적을 위해서도 두서없는 고객의 중언부언에 휘둘려 본연의 상담 업무에서 벗어나 길을 잃으면 안 된다. 고객의 말을 끊는 게 맞다 판단하면 적절한 시점에 고객 기분이 상하지 않도록 주의하면서 말을 그치게 하는 기술이 필요하다. 콜이 좀 줄어드는 깊은 새벽이면 콜센터 상담사를 속풀이 상대로 여기는, 성수동 시절의 옆방 아주머니처럼 대책 없는 고객들이 종종 들어왔다. 카드사 콜센터는 고객들이 자신의 인생을 가장 힘들고 초라하게 만드는 돈 문제에 대한 울분과 고민거리를 쏟아내기에 적당한 대상이었다.

한 중년 남성 고객은 낮에 은행에 가서 대출 신청을 했는데 거절당하고 모욕적인 말을 들었다. 누워서 생각하니 분통이 터져 잠을 잘 수 없어 전화를 걸었다고 한다. 과거에 얼마나 사업을 크게 성공해 잘나갔는지, 은행에서 자신을 얼마나 깍듯하게 모셨는지를 회상한다. 또 사업이 기울어 신용도가 떨어질 때마다 은행 직원들의 눈빛이 어떻게 달라져갔는지를 묘사한다. 고객이 세상의 비정함과 뜻대로 안 풀린 인생에 대해 넋두리를 해도 상담사로서는 위로밖에 해줄 게 없다. 고객은 한참 동안 억울함을 토로하는 말을 반복하며 몇 번의 도돌이표를 찍은 후에야 전화를 끊는다.

    오십 넘은 아들이 자꾸 당신 카드를 가지고 나가
유흥업소에 다녀서 골치라는 할머니 고객이 전화로 하소연을
해온다. 원하시면 아드님이 카드를 사용하지 못하도록
분실신고를 해드리겠다니까 행여 자식이 술값을 못내 경찰서에
잡혀가기라도 하면 안 된다고 거부한다. 아드님이 귀가하면
카드를 돌려받아 어디 감춰두라 하니, 실직하고 돈도 없는데
야박하게 그럴 수는 없다고 한다. 그럼 카드를 함부로 쓰지
말라고 잘 타이르라 하니 자식이 엄마 말은 안 듣는데 따박따박
말 잘하는 상담사님이 대신 전화해서 잘 말해주면 안 되겠냐고
간청한다. 죄송하지만 그건 상담사가 해드릴 수 없는 일이라
하니 할머니는 한숨을 쉬고 다시 처음부터 시작이다.

    밤새도록 들어오는 통화에 지쳐 새벽에 잠시 얻는 여유가
간절한 동료 상담사들은 신세 한탄 고객이라면 질색했다.
악성 민원으로 발전하는 경우는 거의 없기에 냉정하게 상담을
거부하기도 하지만, 차마 그러지 못하는 동료들은 한 시간이고
두 시간이고 이어지는 상담에 고통스러워했다. 난 고객의
속풀이를 잘 들어주는 편이었다. 옆자리 동료 준호가 가끔 보면
형은 그런 상담을 즐기는 것 같다고 말할 정도였다. 1년?
길어봐야 2년? 그보다 더 오래 버틸 거라고는 생각하지 않았던
야간 상담 일을 이토록 오래 할 수 있었던 이유가 뭘까. 힘들고
지칠 때도 많았지만, 실적과도 아무 상관 없는 신세 한탄

고객과의 장시간 통화마저 동료의 눈에 즐기는 것으로 보일 만큼 내 안의 어떤 평범한 재능이 빛을 발하는, 적성에 맞는 일이었기 때문이다.

나의 재능과 적성은 어머니를 닮았다. 어린 시절 어머니는 전화통을 붙잡고 한 시간이고 두 시간이고 통화를 하고 있을 때가 많았다. 어머니는 상대가 친척이든 동창이든 동네 이웃 아줌마든 상관없이 늘 목소리를 예쁘게 가다듬고 상냥하고 부드럽게 전화 통화를 했다. 일방적으로 떠들지 않고 상대의 얘기에 귀 기울였다. 그럼 그럼, 아이고 어째, 그건 아니다, 너무 심하다, 잘 됐네. 얘기를 듣다가도 사이사이 쉴 새 없이 맞장구를 쳤다. 마치 미래에 상담사로 살게 될 작은아들에게 경청과 공감이란 게 뭔지 몸소 보여주기라도 하겠다는 듯이.

어머니는 마냥 성실한 모범생은 아니었지만 공부는 그럭저럭했던 자식이 큰 욕심 없이 평범하고 안정되게 살아가기만을 바랐다. 자식이 어느 날 갑자기 멀쩡한 직장을 그만두고 미래가 불투명한 삶의 경로로 나아갈 때조차 알아서 자기 길을 개척해 나가리라 믿었다. 돌이켜보면 어머니가 바란 순탄한 삶을 받아들이지 않았으면서, 내가 꿈꾸던 다른 길을 향해서도 용기 있게 나가지 못하고 움츠러든 것 같아 어머니에게 미안했다. 이제는 미안해하기를 멈추고, 인생의 길을 잃은

상태에서 오랜 시간 상담사로 일할 수 있도록 평범하면서도
특별한 재능과 적성을 물려준 어머니에게 고마워해야겠다.

깨끗하고 아늑한 곳

야간 상담사들의 근무 시간은 대체로 낮에 일하는 직장보다 훨씬
길다. 회사마다 근무 파트 구성이나 로테이션 방식이 조금씩
다르긴 하지만 보통 오전 9시부터 저녁 6시까지 운영하는 주간
상담 영역을 제외하고 나머지 시간인 저녁, 밤, 새벽 모두를
책임진다. 회사에 따라서는 주말이나 공휴일의 오전과 낮
근무까지 담당하기도 한다. 난 근무 사이 휴식 시간을 포함하면
열한 시간 근무부터 열다섯 시간 근무까지 경험해봤다. 깊은
새벽이 오기 전까지 쏟아지는 콜에 지친 상담사들은 순번에 따라
돌아오는 휴식 시간을 절실하게 기다린다. 한두 시간 주어지는
휴식 시간이 되면 스마트폰을 붙잡고 쉬는 동료들도 있지만 대개
잠을 잔다. 별도로 잠을 자는 수면실이 마련되어 있는 콜센터도
있고 아예 없는 곳도 있었다. 수면실이 없는 콜센터에서는
상담하던 책상에 엎드려 눈을 붙이기도 하고, 회의실이나 주간
상담사들의 점심식사 장소로 쓰이는 일반 휴게실에 가서 의자를
붙이거나 탁자 위에 올라 잠을 청하기도 했다.

　　조금 특별한 기억으로 남은 수면실이 있다. 낮 시간에 청소
담당 노동자가 옷을 갈아입고 비품을 넣어두던 방을 야간에는
수면실로 사용했다. 원래 수면실 용도가 아니어서 가뜩이나 좁은

공간의 절반은 철제 캐비닛이 차지하고 있었다. 잠 잘 공간이 없는 다른 층 다른 부서의 야간 근무자들까지 몰려와 함께 사용했다. 그런 사정이다 보니 새벽의 수면실은 언제나 잠을 자는 사람들로 가득했다.

수면실에 가면 어둠 속에서 낯선 이의 몸을 밟을까봐 엉금엉금 기어들곤 했다. 작은 공간이나마 겨우 차지하면 다행이었다. 사람들 틈에 직소 퍼즐 조각처럼 꽉 끼어 몸을 바로 눕히지도 못하고 옆으로 누워 쪽잠을 청했다. 간신히 눈을 붙여도 근무 교대자들이 계속 드나드는 통에 자꾸 잠이 깼다. 피곤한 야간 근무자들이 내는 코 고는 소리, 이 가는 소리, 잠꼬대에다가 발 냄새와 온갖 체취까지 방안을 채웠다. 신영복 선생이 『감옥에서의 사색』에서 말한, 가장 가까이에 있는 이를 서로 미워하게 된다는 여름 징역살이의 괴로움을 계절과 상관없이 실감했다.

어느 날 새벽 쪽잠에서 눈을 뜬 나는 다시 잠이 오지 않아 뒤척이다 수면실을 빠져나왔다. 여전히 콜 받는 소리로 시끄러운 사무실로 돌아가고 싶지는 않았다. 당시 콜센터가 있는 건물은 보안을 이유로 자정이 되면 일층 정문 출입구를 폐쇄했다. 하지만 어디에든 개구멍은 있고 누군가는 찾아내기 마련이다. 동료가 전에 알려준 지하 주차장쪽 통로를 통해 밖으로 나가 도로를 산책했다. 새벽 공기가 상쾌했다.

도심의 고층 빌딩들엔 불 켜진 사무실이 제법 눈에 띄었다.
한 칸 한 칸 사무실마다 누군가 밤을 새워 일하고 있겠지.
옆에 펴놓은 간이침대에 누워 지친 눈을 잠시 붙일 테고, 미리
편의점에서 사다 놓은 컵라면이나 삼각김밥 따위를 먹으며
새벽의 허기를 채울 거다. 아니면 야식으로 순대볶음이나 족발?
차도로는 야식 배달 오토바이들이 질주하며 오갔다. 술에 취한
남자는 비틀비틀 차도까지 나와 택시를 잡으려다 오토바이에
치일 뻔하고는 욕을 해댔다. 남자를 태운 택시는 빠르게
출발했다. 한발 늦게 도착해 손님을 놓친 다른 택시 기사는
편의점에서 담배를 산 후 떠났다. 편의점 앞에 배송 트럭이
멈춰 섰다. 아르바이트 직원은 서둘러 뛰어나와 트럭에서 내린
박스를 들고 편의점으로 들어갔다. 도시의 새벽엔 생각보다 많은
사람들이 깨어 부지런히 일하며 살아가고 있었다.

　　새벽에 잠들지 않은 이들이 잠시 눈을 붙이거나 편안한
휴식을 취할 수 있는 아늑한 공간. 아주 오래전 군 복무
시절이었을까. 헤밍웨이의 단편「깨끗하고 불빛 환한 곳」을
읽으며 그런 공간을 떠올린 적 있다. 소설에 나오는 술집에는
새벽 내내 머무는 노인 손님과 그를 얼른 귀가시키고 집에 가
아내와 사랑을 나누려는 어린 웨이터가 있다. 나이 든 고참
웨이터는 노인을 이해한다. 누구나 새벽에 집에 가지 못하는
사정은 있기 마련이다. 고참 역시 고단한 술집 일을 마치고

집에 가는 대신 깨끗하고 불빛 환한 카페에서 새벽을 보내고
싶어 한다. 지금 여기 시내 한복판에 그런 카페가 있으면 어떨까.
일하는 사무실은 어디든 너무도 밝기에 휴식의 공간마저 그래선
안 된다. 고참 웨이터가 꿈꾼 카페와 다르게 조명은 조금 낮춰
아늑하게 만들고, 술은 팔지 않고 커피와 차, 간단한 과자, 소파에
파묻혀 잠시 눈 붙일 손님을 위해 얇은 담요 한 장 정도 내주는
카페. 피곤에 지친 도시의 야간 근무자들이 편안하게 짧은 수면과
휴식을 취할 수 있는 곳.

아마 어려울 것이다. 소문이 나면 도시의 취객이 몰려들어
왜 술을 팔지 않느냐고 꼬장을 부리거나 아가씨를 불러달라고
고성을 지르고, 모텔비가 없는 어린 청춘들이 와서는 뜨거운
애정을 나누는 공간으로 만들겠지. 카페 주인장은 조용한
카페에 침입한 온갖 소음에 질려서 자신이 쉴 깨끗하고 아늑한
곳을 찾아 떠나야 할지도 모른다. 게다가 도시의 비싼 임대료는
어떡하나. 현실은 망상을 밀어내고 정신이 퍼뜩 돌아온다. 다시
밀려오는 콜과 맞닥뜨려야 할 시간이다.

「깨끗하고 불빛 환한 곳」에서 노인은 외롭고 고독해서
자살을 하려 했던 것으로 나온다. 어린 웨이터는 노인이
잘 듣지 못하는 사정을 알고는 지난주에 당신은 자살에 성공해
죽어버렸어야 했다고 귀에다가 속삭인다. 어쩌면 노인은
그 속삭임처럼 너무 선명하게 들려오는 끔찍한 소음들에 질려

스스로 귀를 닫고 고독 속에 파묻힌 건 아닐까. 콜센터 상담사도 헤드셋 너머로 들려오는 고객의 목소리에 지쳐 귀를 막고 싶을 때가 종종 있다. 휴식 시간만큼은 무엇을 하든 고요함 속에 쉴 필요가 있다. 비좁은 수면실을 대체할 공간을 마련해달라는 계속된 건의와 요구가 받아들여져 별도의 넓은 수면실이 생겼다. 다행히 철제 캐비닛 아래서 모로 누워 엉켜서 자야 하는 시간이 끝나고, 우리는 타인의 몸뚱어리를 어쩔 수 없이 혐오하게 되는 마음을 멈출 수 있었다.

2 장.

기쁨과 슬픔이 공존하는 일터

새벽, 용서의 시간

카드사 야간 콜센터에서는 주로 밤 사이 카드를 잃어버리거나 도난당한 고객들을 위해 카드를 정지해주는 일을 한다. 대량의 개인정보 유출사고나 전산 시스템의 문제로 인한 승인 장애처럼 가끔 비상 사태가 발생하는 날도 있고 심야에 즉시 연락이 되는 유일한 채널이다 보니 카드를 이용하다 겪는 불편이나 불만에 대해 답변이나 해결을 원하는 온갖 고객들도 전화를 걸어오지만, 업무 처리량으로 보자면 분실·도난 신고 접수 비중이 크다. 분실·도난 카드를 빠르고 정확하게 찾아 정지하고, 신고 전에 카드를 훔치거나 습득한 타인이 부정사용해서 피해가 발생했다면 보상접수 절차를 안내하고, 원하는 고객에게 재발급을 해주며 업무를 마무리한다.

상담 경험을 어느 정도 쌓고 나면 분실·도난 신고 접수가 크게 어려운 업무는 아니지만 고객 응대에 미숙한 초보 상담사는 이 업무에서조차 해서는 안 될 실수를 저지른다. 당황한 고객이 두서없이 하는 말을 지레짐작하다가 잘못 알아듣기도 하고, 심야 시간이니만큼 고객이 만취 상태로 전화를 걸어와 의사소통이 힘든 상황도 생기기 때문이다. 신고 접수를 빨리 해주어야 한다는 마음에 조급한 상담사는 종종 엉뚱한 카드를

정지하고, 아예 신고버튼 누르는 것을 잊고 카드를 정지하지
않은 채 상담을 마치는 실수를 한다. 나도 초보 시절에 도난
카드를 빨리 파악하지 못하고 시간을 흘려보내며 헤매는 사이에
옷가게가 모여있는 대형 쇼핑몰 안에서 순식간에 십여 건의
피해가 생기게 했다. 조금만 더 침착하게 대처했다면 막을 수
있는 피해였다. 다행히 고객이 내가 신입 상담사인 것을 알고
문제 삼지 않고 너그럽게 넘어가 줘서, 내가 책임을 지는 일은
면했다. 초반의 쓰디쓴 경험은 언뜻 단조롭고 쉬워 보이는
업무에서도 긴장을 놓지 않게 하는 약이 되었다. 빠르고 정확한
분실·도난 신고 접수는 부정사용 피해를 막아주어 고객을 돕는
일이지만, 오히려 카드 정지를 하지 않는 것으로 누군가를
도왔던 특별한 기억도 있다.

　　고객이 늦은 밤 전화를 걸어와 화가 잔뜩 난 목소리로
카드를 잃어버렸다고 한다. 카드를 확인하고 바로 분실신고를
하려고 동의를 구하니 카드를 정지하지 말고 우선 자기 말부터
들으란다. 차에 기름을 넣고 집으로 오는 길에 결제한 카드를
주유소에 두고 온 것이 생각났다. 다시 돌아가 찾아보았는데
카드는 어디에도 없었다. 직원에게 사정을 설명하고 CCTV를
돌려보다 뒤에 주유한 사람이 고객이 떨어뜨린 카드를 주워가는
장면을 찾을 수 있었다. 카드 사용내역을 확인하니 이미 어느
편의점에서 부정사용이 발생했다. 습득자가 계속해서 부정사용

시도를 할 가능성이 있으니 카드를 빨리 정지해야 했지만 고객은 여전히 정지를 거부했다.

분실신고를 하기 위해 연락한 게 아니었다. 고객은 카드를 주워 사용한 사람이 그 전에 주유소에서 결제한 수단이 공교롭게도 잃어버린 자기 카드와 같은 회사 카드인 걸 주유소를 통해 알아냈다. 어리석고 괘씸한 카드 부정사용자를 바로 경찰에 신고할까 생각했지만, 이내 그 도둑놈에게 기회를 한번 주고 싶다는 마음이 들었다고 했다. 콜센터에서 주유소 결제 내역을 조회하면 부정사용자의 정보를 알 수 있을 테니, 연락해서 자기 전화번호를 가르쳐주라고 요구했다. 고객의 말이 맞다 해도 카드 습득자가 콜센터 전화를 받을지, 부정사용을 인정할지 확신이 서지 않았지만, 일단 시도를 해보겠다며 통화를 끝냈다.

다른 이의 카드를 주운 사람이 콜센터로 전화했을 때 카드 명의자에게 연락을 해 분실카드를 찾아주는 일반적인 중개 업무와 겉으로는 비슷했다. 그러나 특별한 상황이었다. 카드를 습득하고 부정사용까지 한 걸로 추정되는 이의 정보는 어렵지 않게 확인할 수 있었다. 파트장에게 상황을 보고하고 카드 습득자이자 부정사용자로 추정되는 고객에게 전화를 했다. 벨이 얼마나 울렸을까 잔뜩 경계하는 목소리로 전화를 받는다. CCTV를 직접 확인한 것도 아니고 카드 분실 고객의 말만 들었을 뿐이니 무조건 범죄자 대하듯 다그칠 수는 없었다. 주유소에서 일어난 상황을 에둘러 설명하고, 순간적 충동으로 그런 실수를 하게 되었을 것이라고 달래듯 말했다. 카드를 잃어버린 분이 직접 연락을 받고 싶어 한다는 뜻을 전하니 한참을 침묵하며 듣고 있던 고객은 자기는 전혀 모르는 일이라며 잡아떼고 일방적으로 전화를 끊는다.

　　이쯤 했으면 상담사의 중개 업무 역할은 충분히 다한 거다. 피해 고객이 경찰 신고를 한다면 카드 습득자는 법적 처벌을 받게 될 것이다. 그런데 자신의 카드를 주워 함부로 쓴 이에게 기회를 주고 싶다는 피해 고객의 말이 다시 생각났다. 자기는 원래 그렇게 마음씨 좋은 사람이 아니라고 했다. 성깔 있게 버럭버럭하는 목소리만으로도 그 말은 맞는 것 같았다. 나는 마치 크리스마스 이브날 스크루지의 개심을 돕는 유령이 된 기분이었다. 다시 전화를 시도하지만 받지 않는다. 한 번, 두 번, 이번이 마지막이라는 마음으로 몇 번이나 통화 시도를 했을까. 고객이 전화를 받더니 풀죽은 목소리로 저지른 일을 인정한다. 땅에 떨어진 카드를 보는 순간 무엇에 홀린 듯 잠깐 잘못 생각했다며 후회한다. 카드를 잃어버린 고객의 뜻을 다시금 전하고 전화번호를 알려준다. 얼마쯤 시간이 지난 후 스크루지 고객에게 전화를 해 카드 습득자와 통화를 잘 하셨냐고 물으니 사과 전화를 받고 남자답게(?) 용서해 줬다며 호탕하게 껄껄껄

웃는다. 이깟 일로 남을 전과자 만드는 독한 짓을 자신이 하지 않도록 도와줘서 고맙다는 인사를 나에게도 전한다. 고객의 목소리가 좀 착해진 듯했다. 새벽, 용서의 시간은 이렇게 잘 마무리되었다.

값 매길 수 없는 선물

유튜브에서 한 에버랜드 캐스트의 영상이 큰 인기를 끌었다.
놀이기구에 탑승하려고 대기하는 손님들에게 랩 형식으로
안내를 하는 영상이다. 캐스트는 에버랜드에서 일하는
아르바이트 직원을 부르는 이름이다. 영상 속 여성 캐스트는
놀이기구 탑승객이 알아야 할 주의사항과 즐기기 위한
마음가짐을 정확한 발성과 구성진 랩 가락으로 맛깔나게
풀어내며, 동시에 놀이기구를 타고 내리는 손님들의 안전을
매의 눈으로 살폈다. 하루 종일 흥과 긴장을 함께 유지해야 하는
그의 노동에는 엄청난 에너지가 필요해 보였다. 남대문시장에서
옷 파는 상인의 골라골라 리듬을 닮은 그 랩의 독특한 매력은
열정과 체력이 너무 빨리 소진되지 않도록 적절히 안배하는,
즉 자신을 완전히 쏟아내지 않는 힘 조절에 있었다. 영상을
본 이들은 지친 업무를 견뎌내는 영혼 없는(?) 직장인의 모습
같다며 그에게 '소울리스좌'라는 별명을 붙여주었다.

　　오래전 다니던 회사에서 주말에 단체로 에버랜드에 놀러간
적이 있다. 자유 시간을 갖기 전에 놀이공원 안에 마련한
강연장에서 고객만족을 주제로 한 강의를 들어야 했다. 주말에
회사 일정으로 억지로 놀러오게 하고는 강의까지 들으라니,

심드렁하게 시간 가기를 기다리며 꾸벅꾸벅 졸던 차에 강연자가
이야기하는 어떤 일화가 귀에 들어왔다. 어느 새 잠이 달아났고
이야기 끝에는 눈물이 찔끔 나와버렸다. 당시 강연 속 이야기는
대략 이런 내용이었다.

에버랜드에선 개장시간 전에 화려한 의상을 입은
캐스트들이 신나는 춤과 퍼포먼스로 줄 선 손님들을 즐겁게
해주다가 개장과 함께 환하게 웃으며 손님을 맞이한다. 어느 날
젊은 여성이 유모차를 끌고 입장한다. 캐스트가 아이와 엄마의
티켓을 확인하는데, 유모차에 아이가 타고 있지 않다. 고개를
갸우뚱하면서도 "고객님, 티켓 하나는 환불해 드릴게요." 하며
친절하게 안내하자 유모차를 끌고 온 여성은 아이 티켓도
받아달라고 한다. 잘못 봤나 하고 다시 들여다본 빈 유모차에는
아이 대신 아이 사진이 하나 놓여있다. "아이가 에버랜드에 꼭
오고 싶어 했어요. 지난 해 불의의 사고로 세상을 떠났지요.
늦었지만 아이의 소원을 꼭 이뤄주고 싶어요." 손님의 사연을
들은 캐스트는 꼬마아이 사진 앞에 다가가 무릎을 굽혀 자세를
낮추고 마치 유모차 안에 아이가 있는 양 눈을 맞추며 어느
때보다도 명랑한 톤으로 핸드롤링을 한다. 어깨 높이만큼 올린
두 손으로 별이 반짝반짝 빛나는 모양을 만들어 환영하는
에버랜드 특유의 인사법.

"우리 귀여운 꼬마 친구, 오늘 에버랜드에서 엄마랑 행복하고
즐거운 시간 보내세요~ 반짝반짝반짝~"

졸음을 깨우고 눈물까지 찔끔 흘리게 한 일화의 감동이
무색하게도 다시 짚어보면 이야기가 어딘가 좀 어색하다.
해당 놀이공원은 만 36개월 이하 어린이의 입장료가 무료고,
입장객들이 계속 밀려드는 혼잡한 분위기 속에서 엄마가
캐스트에게 갑자기 사연을 털어놓는 장면도 자연스럽지는 않다.
나중에야 원래 이야기가 따로 있다는 걸 알았다. 원본에서는 도쿄
디즈니랜드 안에 있는 레스토랑이 배경이다. 이른 나이에 병으로
세상을 떠난 딸아이의 소원을 들어주려고 디즈니랜드를 찾은
아이 부모의 사연을 들은 레스토랑에서는 어린이용 점심 메뉴를
따로 준비해 주고, 어린이용 의자까지 가져다주는 서비스를
제공한다. 아이 부모가 디즈니랜드로 감사 편지를 보내 사정이
알려졌고 고객만족을 넘어 고객감동을 실천한 사례글로 어느
마케팅 관련 서적에 실린 것이다. 유명한 고객만족 스토리를 슬쩍
설정만 바꿔 강연에 이용했다는 걸 알게 되었지만, 에버랜드
캐스트가 유모차 속 아기에게 하는 반짝반짝 눈높이 인사는
이 글을 쓰며 다시 떠올려도 여전히 마음 한편을 뭉클하게 한다.

원래 이야기조차 일본 디즈니랜드의 고객만족 부서
담당자가 감동의 양념을 더해 부풀려 지어냈을지도 모르는데

기껏 강연용 각색판에 뭉클해지는 까닭이 무얼까. 이야기 속 주인공인 캐스트가 돈으로 살 수도 팔 수도 없는 어떤 값진 무언가를 엄마와 이미 세상에 없는 아이에게 선물했다는 느낌 때문일 거다. 이런 감정을 느끼게 하는 이야기는 영화나 드라마 속에 수없이 나오며 우리가 살아가는 삶 속에도 있다. 대가를 바라지 않고 위험에 빠진 타인의 생명을 구하는 영웅, 사랑하는 이를 위해 목숨을 바치는 연인, 자식을 위해 인생을 희생하는 수많은 부모들…….

사람들은 진짜로 값진 것에는 돈으로 값을 치를 수 없다는 것을 안다. 돈으로 팔거나 살 수도 없고, 그래서도 안 되는 소중한 가치는 세상 도처에 있다. 문제는 우리가 삶에 필요한 많은 것들을 노동을 통해 구해야 하고, 노동이 제값을 받지 못하면 삶을 제대로 유지하기 어려운 자본주의 사회에 살고 있다는 사실이다. 어디까지 돈의 논리를 내세우는 게 맞고, 언제 돈의 논리를 꺼내기가 부끄러워지는가. 자본주의의 어느 다른 상품보다도 가격을 정하기 어려운 감정노동이라면 그 문제는 더욱 미궁에 빠지기 쉽다.

콜센터에서는 상담사들을 대상으로 정기적인 고객만족 서비스 교육을 한다. 언제나 흔들림 없이 미소 띤 표정을 한 강사들은 다양한 서비스 현장에서 고객을 만족시키고 감동시킨 사례들을 소개한다. 도쿄 디즈니랜드 레스토랑의 사례 못지않은 감동적인 에피소드는 우리나라 콜센터 상담 사례에서도 차고 넘친다. 어느 날 아침에도 한 강사가 콜센터 상담이 얼마나 고객을 감동시키고 행복하게 해줄 수 있는지, 왜 가치 있는 직업인지를 다양한 사례를 통해 알려주며 상담사 직업을 낮게 평가하는 사회적 시선에 굴하지 말고 콜센터 상담사들 스스로가 자긍심을 가져달라며 격려하고 있었다.

내 옆에 앉은 동료 광식이가 묻는다. "그렇게 가치 있는 일을 하는데 왜 우리 월급은 쥐꼬리 같은데요?" 강사님은 표정이 약간 흔들리는 듯했지만 얼른 명랑하고 환한 미소를 되찾는다. "그래서 언제나 고생하시는 상담사님들을 위해서 오늘도 이렇게 선물을 많이 준비했지요." 야간 근무를 마치고 졸음을 참으며 아침 강의를 들은 우리들에게 작은 초콜릿을 나눠준다. 광식이의 물음에 적절한 답은 아니었지만 맘씨 좋은 강사의 초콜릿 선물 덕분에 썰렁해질 뻔한 교육 분위기는 대충 화기애애하게 끝이 났다. 더 능구렁이 같은 말빨 좋은 강사가 초콜릿을 주는 대신 이렇게 반문했다면 우리 기분은 어땠을까. "진짜로 가치 있는 것에는 값을 치를 수 없는 게 아닐까요?"

에버랜드의 소울리스좌는 일터에서 주어진 자기 몫 그 이상으로 고용주와 고객을 만족시키면서도 열정과 체력을 한 번에 바닥내지 않았다. 그 영리하고 자기 배려적인 노동의 태도는 노동이 제값을 받지 못하는 시대에 불평 불만을 가진 사람들의 탄성을 자아냈다. 에버랜드 캐스트 일자리는 퇴직금을 주지 않고, 정규직 전환을 막기 위해 단기 계약과 쪼개기 계약으로 인력을 유지하고, 쓸 만하다 싶은 인력은 편법에 가깝게 퇴사 후 재입사를 시키는 것으로 유명하다. 소울리스좌 역시 퇴사와 재입사를 세 번이나 반복해 유튜브 스타가 될 즈음엔 계약 만료를 앞두고 있었다. 유튜브에서 뜬 덕분인지 이후 홍보팀에 재입사했지만 나중에 확인해 본 언론 보도에 의하면 여전히 계약직 노동자다. 광고까지 여러 편 찍으며 에버랜드 대표 홍보 모델의 자리까지 오른 그라면 바늘구멍 같은 정규직의 행운을 얻을 가능성이 다른 이들보다는 높다. 인지도와 자신의 능력을 믿고 계약직 자리를 박차고 나와 인기 좋은 유튜브 크리에이터로서의 삶을 살아갈 수도 있다. 하지만 콜센터 상담사 출신의 대기업 임원이 한 명 나왔다 해서 상담사의 열악한 현실이 달라지는 것이 아니듯, 소울리스좌의 특별한 사례가 에버랜드 캐스트의 미래가 되기는 어렵다. 대부분의 에버랜드 캐스트들은 아무리 일을 잘 한다 해도 숙련도나 전문성을 인정받지 못한 채 단기 아르바이트생으로서 계약 연장을 반복하다가 떠나가게 된다.

에버랜드 캐스트는 흥이 넘치는 젊은이들에게 여전히 인기 있는 아르바이트다. 환상의 공간에서 넘치는 끼와 열정을 발산할 기회나 또래 친구들과 함께 신나게 땀흘려 일하는 시간을 공유하는 특별한 경험은 노동 강도에 비해 낮은 임금이나 불안한 고용 조건에도 불구하고 어디서나 얻을 수는 없는 가치라고 여기기 때문이다. 에버랜드는 돈으로 따질 수 없는 가치를 찾아오는 젊은 구직자들을 환영하고, 이들의 열정을 비용을 절감하는 데 이용한다. 해당 회사가 모기업 오너 일가의 편법 상속에 종잣돈을 만들어주는 용도로 이용되어 어마어마한 배임 피해를 입었다는 사실과 비교하면 더 아이러니하다.

나를 포함한 많은 콜센터 상담사들이, 아니 노동자라면 대부분이, 만족스럽지 못한 임금과 대우 앞에서 만약 누군가 돈으로 값을 매길 수 없는 노동의 신성한 가치를 운운하면 개 풀 뜯어 먹는 소리라고 콧방귀를 뀔 것이다. 그럼에도 막상 콜이 들어오면 나는 이게 얼마짜리 노동인가를 잠시 잊고 고객에게 집중한다. 상담이 만족스럽게 끝나고 친절하게 상담해 줘서 고맙다는 고객의 인사를 받고 나면 기분이 괜찮다. 사실 욕설의 충격이 강해 기억에 오래 남을 뿐이지 상담사는 욕설보다는 고맙다는 인사를 훨씬 더 많이 듣는다. 어쩌면 세상에서 감사 인사를 가장 많이 듣는 직업일지도 모른다. 그렇게 좋은 기분을 마음 한구석에 쌓아두면 진상 고객을 겪을 때 버티는 힘이 된다. 세상에는 이런 진상보다 친절한 상담에 고마워하는 사람들이 훨씬 많다고 여기면서.

임금을 받고 하는 일이긴 하지만 내가 고객에게 베푸는 친절의 가격은 정확하게 따질 수 없다. 평가를 통해 친절한 상담사와 불친절한 상담사의 임금 차이가 약간 생긴다 해도 친절한 상담사가 그 차이만큼 더 친절한 거라고도 할 수 없다. 고객이 나에게 한 감사 인사도 마찬가지다. 친절과 감사는 같은 가격으로 정확히 교환한 것이 아니다. 어느 식당에서 손님에게 제공하는 음식의 품질과 주인장의 서비스는 밥값에 반영되어 있다. 그렇다면 우리가 맛있는 음식과 친절한 응대에 기분 좋아져 값을 치른 후 맛있게 잘 먹었다며 더하는 감사 인사는 무엇인가. 설명하기 조금 어렵지만 같은 값의 무언가를 주고받았다기보다는 나도 고객에게 무언가를 선물하고, 고객도 나한테 무언가를 선물했다고 보는 게 옳다. 힘겨운 감정노동의 와중에도 낯모르는 누군가와 주고받는 이러한 기분 좋은 감정들이 있기에 팍팍한 자본주의 안에서 삶을 견디고 낙관과 희망을 버리지 않을 수 있는 게 아닐까.

강연자의 이야기 속 에버랜드 캐스트가 유모차를 타고 온 아이의 영혼에게 건넨 반짝반짝 눈높이 인사에 곁에 있던 아이 엄마는 환한 미소를 짓는다. 캐스트는 마음속에 그 미소를 오래 간직한다. 언젠가 또 다른 고객에게로 미소는 전해질 것이다.

투잡 유행

콜센터에 투잡이 갑자기 유행하던 시절이 있었다. 야간 상담을 하며 틈틈이 낮에 대출이나 보험 영업을 한다든지, 가족이 운영하는 가게 일을 돕는 동료들은 언제나 있었지만 그때는 차원이 달랐다. 동료들은 하나둘씩 풀타임으로 근무하는 다른 직장을 구해 두 군데를 번갈아가며 출근하기 시작했다.

격일로 야간 근무를 하다 보니, 근무 시간이 겹치지 않게 투잡으로 찾는 일은 주로 다른 격일제 야간 콜센터였다. 동료들은 구직 사이트에 꾸준히 올라오는 은행이나 카드사, 홈쇼핑, 보험사 긴급 출동 서비스, 엘리베이터 사고 접수 등 야간 콜센터 모집 공고를 찾아 면접을 보고 취업했다. 두 군데 콜센터에서 야간 상담 일을 한다는 건 한 콜센터에서 밤을 새워 야간 상담을 한 다음 집에 가서 잠깐 눈을 붙이고 다른 콜센터로 출근해 밤샘을 하고 귀가해 잠깐 휴식을 취하고 또 출근하기를 반복한다는 뜻이었다. 출퇴근을 위해 이동하는 시간, 씻고 먹고 출근 준비할 시간을 생각하면 당연히 잠을 잘 시간을 제대로 내기 어려웠다. 주말 휴무가 따로 없는 야간 근무다 보니 깨어있는 시간 거의 모두를 양쪽 콜센터에서 상담을 하며 보내야 했다. 아주 짧은 기간이면 모를까 계속 해나가기 무리였지만

두 배로 일하는 만큼 두 배로 돈을 벌 수 있다는 건 동료들에게
큰 유혹이었다.

　　회사에서 반길 일은 아니기에 쉬쉬하며 투잡을 시작한
이들은 이내 일하러 와서 멍한 상태로 꾸벅꾸벅 졸다 콜을
놓치는 등 크고 작은 실수를 하기 일쑤였다. 이쯤 되자 파트장도
상황을 파악했지만 적극적으로 제지하지는 못했다. 다들 벌이가
부족해 시작한 일이었다. 콜센터 야간 상담사가 받는 임금은
홀로 벌이를 하며 가족을 부양하는 이들이나 각자의 사정으로
안정적인 수입이 필요한 이들에게 턱없이 부족했다. 파트장은
다들 금방 지쳐 새로 구한 콜센터 일을 정리하고 돌아올 거라고
자신하면서 업무에 지장을 줄 만큼 무리하지는 말라고 잔소리만
하며 유행이 지나가길 기다렸다.
　　동규 씨는 자기가 투잡을 뛰는 콜센터에 빈자리가 났는데
우리 콜센터보다 콜도 적어 편하다며 나에게도 투잡을 권했다.
난 고맙지만 도저히 체력을 감당할 자신이 없고, 그렇게
깨어있는 시간을 다 바쳐 일하고 싶지도 않다며 거절했다. 그는
나를 무슨 재벌가 자식이라도 되는 양 쳐다보았다.

　　파트장의 예측대로 결국 투잡을 하던 이들 하나둘씩
지쳐갔다. 모두 다 제자리로 돌아오지는 않았다. 매일 밤 일하다
콜센터 자체에 질려버렸는지 아예 이 직종을 떠난 동료도 있고,

두 콜센터를 저울질하다 우리 콜센터를 그만두고 새로 구한
콜센터를 택한 동료도 있었다. 유행이 지나갈 무렵 콜센터 투잡을
하는 상담사는 둘뿐이었다. 어느 공공기관 콜센터 야간 관리자로
일하면서 우리 콜센터 일반 상담사로 투잡을 뛰러 온 덕수 씨와
아마도 투잡 유행의 시작이었던 정태 씨였다.

정태 씨는 주 5일제 온라인 서비스 콜센터에서 저녁 6시까지
일하고 급히 7시에 시작하는 우리 콜센터 근무를 하러 왔다.
아침 8시까지 밤을 새워 일하고 다시 이동해 9시부터 주간
상담을 해야 했다. 주야간 두 콜센터를 오가며 쉬지 않고 꼬박
이틀 밤낮을 일해야 집에 가 잠을 잘 수 있었다. 건강이 걱정되어
괜찮냐고 종종 물었지만 그는 투잡을 한 이후로 아내와 애들에게
뭐라도 해줄 경제적 여유가 생겨서 좋다고 했다.

요즘도 동료 상담사들은 조용히 투잡을 뛴다. 유튜브
크리에이터 일을 하다가 소위 대박이 나서 회사를 그만두었다는
옆 부서 직원 이야기, 딱히 투잡이라고 하기엔 애매하지만
주식으로 소소하게 버는 덕에 회사에서 주는 인센티브에는
목매지 않는다는 동료 이야기……. 지금 투잡의 대세는 역시
온라인 플랫폼에 소속된 음식 배달 라이더다.

종민 씨는 배달 시장이 엄청나게 커진 덕에 꽤 돈벌이가
된다는 이야기를 듣고 코로나 끝물에 전동 자전거를 사서 배달
라이더가 되었다. 아침 퇴근한 날 배달이 몰리는 저녁 시간에만

짬을 내어 해보자 하고 시작한 일이었다. 자신을 빠르게
앞질러가는 배달 오토바이를 보고 안 되겠다 싶어 자전거를 팔고
오토바이를 샀다. 그는 코로나 특수가 끝나서 이젠 배달도 많이
줄었고, 플랫폼에서 라이더를 모으기 위해 제공하던 프로모션도
거의 사라졌다며 한창 때 뛰어들지 못한 것을 못내 아쉬워한다.
비싼 보험료도 내야 하고, 오토바이 산 비용도 뽑아야 하기에
이젠 쉬는 날, 출근 날, 퇴근 날을 가리지 않고 일한다. 배달이
몰리는 저녁 시간만이 아니라 식사하고 잠을 자는 시간을 뺀
대부분을 거리에서 배달콜 대기를 하다 콜이 뜨면 부지런히
달려가는 듯하다.

　　깊은 새벽 쏟아지는 졸음에 힘들어하는 그를 볼 때면
두 군데서 투잡을 뛰다 지쳐버린 이전 콜센터 시절 동료들이
생각나 걱정이 된다. 돈도 돈이지만 몸부터 챙기며 쉬엄쉬엄
하라고 말해본다. 하지만 부지런히 일한 시간에 비례해
벌 수 있다는 유혹에 그의 노동 시간은 점점 늘어간다. 누구도
그에게 노동을 강요하지 않는다. 비가 억수같이 오는 날이면
다른 라이더가 많이 나오지 않아 일감이 오히려 늘고 플랫폼도
주문량을 소화하기 위해 배달팁을 올려주기에 위험을 무릅쓰고
더 나가고 싶어진다고 한다. 그는 자신이 원해서 오토바이에
오르며 쉴 자유를 스스로 반납한다. 긱 이코노미(Gig Economy) 시대,
프리랜서 투잡의 흔한 모습이다.

누구나 사랑할 자격이 있다

솔로 탈출을 위해 살을 빼야 한다며 다이어트 앱으로 칼로리
관리까지 하던 준호가 썸 타던 상대와 연애를 시작할 무렵
나에게 고민을 털어놓았다. 상대에게 자기 직업이 콜센터
상담사라는 걸 말할 용기가 없다는 거였다. 아무래도 자신을
변변치 못하게 여길 것 같다고 했다. 연애상담에는 영 재주가
없는 나였지만 해줄 얘기는 분명했다. 콜센터 상담사라는 직업
소개만 듣고 실망한다면 애초부터 이어질 상대는 아닌 거고,
좋은 인연이 될 상대라면 부끄러워하지 않고 자기 직업을 당당히
밝히는 자존감 있는 남자를 원하지 않을까.

　　중요하긴 하지만 누구나 할 수 있는 평범한 일이라는 이유로,
힘들고 고되더라도 두뇌보다 몸을 쓰는 일이라는 이유로, 특별한
학력이나 라이센스가 필요한 전문직이 아니라는 이유로, 때로는
문화적 편견이나 선입견 때문에 세상의 인정을 받지 못하고
보상이나 대우가 박한 직업들이 많이 있다. 콜센터 야간 상담사도
그런 직업군에 들어가겠지만 역시 사회가 24시간 탈 없이
돌아가게 하는 데 없어서는 안 될 중요한 일이다. 어릴 때부터
함께 놀고 자란 친구들이 학원 강사가 되고, 프로그래머가 되고,
농사를 짓고, 떡집을 열고, 어려운 시험을 통과해 판사, 검사,

변호사로 살아가다 다시 만날 때, 내가 어쩌다 하게 된 콜센터 상담사라는 일도 다양한 삶 속의 여러 직업들 중 하나로 온전히 이해받길 바라는 마음이었다. 이민 생활 중 오랜만에 귀국한 후배가 함께 온 신랑에게 나를 글을 쓰고 있는 선배로 소개했을 때도 그랬다. 한때 치기 어린 작가 지망생이긴 했지만 글을 써서 제대로 돈을 벌어본 적 없으니 한 번도 작가가 직업이었다고 할 수는 없다. 현재 직업은 콜센터 상담사라고 나는 웃으며 정정해 주었다.

　　언제나 솔직하게 굴지는 못한다. 연락이 끊겼다가 십여 년 만에 만난 대학 동기들 모임에서 뭐하고 사냐는 질문에 "그냥 직장 다니지 뭐." 하고 얼버무리고 말았다. 가뜩이나 콜센터의 열악한 현실이 사회적 관심을 모으던 시절이라 콜센터 야간 상담을 한다고 하면 연민의 눈길로 바라볼지 몰라 지레 부담스러웠다. 어릴 적 친구와 오랜만에 만나 술 한잔하다가 다들 마흔 즈음부터 자리 잡고 사는데 나만 아직 자리를 잡지 못한 것 같아 친구들 모이면 함께 내 걱정을 한다는 얘기를 들었을 때도, 걱정할 만큼 못 살고 있지 않다고 항변하긴 했는데, 웅얼웅얼 영 자신 없는 말투였다. 나는 그때 분명히 부끄러워했다. 타인의 인정 따윈 초연한 척하고 사는 것 같아도 실은 나도 자유롭지 못했던 셈이다. 나 자신도 약한 인간인 주제에 준호에게 어설픈 인생 상담을 했다.

장래 희망으로 콜센터 상담사를 꿈꾼 이는 아마 거의 없을 것이다. 인생의 시기는 다르지만 대부분 나처럼 우연한 계기로 콜센터에 들어온다. 고객들에게 종종 무시와 모욕을 당하고 사회적, 경제적 대우가 그리 좋지 않다는 정보를 익히 들었어도 당장 벌이가 급해서, 더 조건 좋은 직업을 얻지 못해서 콜센터 상담사가 된다. 오랜 꿈도 아니고 전망이 밝지도 않지만 호구지책으로 선택한 직업에 적극적인 가치나 의미 부여를 하기란 어렵다. 얼마 못 가 누군가는 자존감을 잃어버린 채, 누군가는 남은 자존감이나마 지키고자 콜센터를 떠난다. 악조건을 버티고 계속 일하는 이들도 어쩔 수 없어서 일을 한다는 자책과 무력감에 힘들어한다.

콜센터를 탈출구 없는 지옥도처럼 그린 뉴스를 보면 내가 있는 여기가 지옥인 건가 정신이 바짝 들긴 하는데, 일터를 어떻게 나아지게 할까 하는 생각보다는 어떻게 탈출할까 하는 생각부터 든다. 친구들을 만나면 콜센터에서 겪는 고충을 털어놓고 싶을 때도 있지만 지나친 연민의 시선을 받을까 봐 두렵고, 나름대로 재밌는 경험담을 말해주려다가도 아우슈비츠 수용소에서 〈인생은 아름다워〉 영화 찍냐는 소리 들을까 봐 주저한다. 나는 친구들의 다양한 직업에 관심이 많아 이것저것 묻지만, 친구들은 내 직업 속 삶에 대해 묻지도, 별로 언급하지도 않는 느낌이다. 내 자존심을 상하게 할까 배려하는 거라 짐작해 버리고는 기분이 상한다. 다 쓸데없는 두려움이고 내 삶을 있는 그대로 인정받지 못한다는 자격지심이다.

　남에게 인정받는 게 뭐가 그리 중요하냐고 흔히들 말하지만 크건 작건 인정으로부터 자유로운 삶은 없다. 사회에서 인정받기 위해 아둥바둥 살다 지쳐 깊은 자연 속으로 들어간 이들조차 유튜브를 하고, 세상의 시선에 개의치 않고 사는 자유인의 모습으로 방송에 나와 다시금 타인의 관심과 인정을 얻는다. 비아냥이 아니라 타인에게 인정받는 건 삶을 살아가는 데에 엄청난 동기 부여가 된다. 세상의 인정을 받기 위해 꿈을 키우고 재능을 쌓고 의미 있는 삶에 매진하며, 좋은 결실을 맺어 세상에 나누기도 한다. 누군가는 타인에게 인정받는 삶에 강박적으로 매달리다가 진짜로 자신이 바랐던 삶이 무엇인지조차 잊어버리고 자아 상실에 빠진다. 행복한 삶을 살기 위해서는 타인의 기대와 세상의 인정을 동기 삼아 노력하면서도, 인정 자체가 목표가 되는 강박에서 자유로워질 수 있는 이중의 과제를 풀어내야 한다.

　『실격당한 자들을 위한 변론』이라는 책을 쓴 김원영 작가는 평생 휠체어에서 일어나지 못하는 1급 지체장애를 가졌다. 그는 늦은 나이에 공부를 시작해 로스쿨을 마치고 변호사가 되었다. 이후로는 자신처럼 행운을 얻지 못한 장애인, 다른 소수자들과 연대하며 이들이 꿈과 행복을 추구할 사회적 조건을 만드는 싸움에 나서왔다. 동료들과 대학가 카페에 앉아 해외 유명

철학자의 이론에 대해 토론하는 폼 나는 세계로 건너와 살지만 늘 자신보다 중증 장애인이어서 꿈꾸는 것은커녕 생존 자체가 절실했던 재활학교 시절 짝꿍을 떠올린다. 그 자신도 대학 시절 칸트의 책을 품은 채 휠체어를 타고 지하철에 올랐다가 돈을 적선 받은 일을 기억하며 여전히 실격을 선고받은 인간의 정체성을 절반쯤 갖고 있음을 실감한다. 작가의 성찰은 장애인이라는 자신의 정체성을 넘어 다른 사회적 약자와 소수자 정체성을 지닌 이들까지 범위를 넓혀 질병, 가난, 다른 성적 지향, 부족한 재능 등을 이유로 누구도 인간 실격을 선고당해서는 안 된다는 최종 변론에 이른다.

마지막 변론의 와중에 그는 자신의 정체성을 인정받기 위한 싸움에 몰두하다가 행여 자신의 현재를 돌보고 사랑하는 일에 실패하지 않았는지 고민을 내비친다. 세상에서 온전한 자기 몫을 갖기 위한 싸움은 원래 가져야 할 몫에 비해 얼마나 부족하게 가졌는지를 인정받는 싸움이기도 하다. 싸움에 함몰되다 보면 자신이 타인에 비해 얼마나 불행한지 증명하려고 애쓰는 함정에 빠질 위험이 있다. 내 존재의 불행에 몰두하는 삶이 과연 행복해질 수 있을까. 다른 존재의 불행에 관심을 둘 수 있을까. 작가는 세상에서 온전한 존재로 인정받기 위한 싸움을 계속하리라 다짐하면서도 자신의 정체성에 매몰되지 않기를 욕망하고, 스스로를 사랑하는 기술을 익혀 다양한 삶의 이야기를 만들어가고 싶어 한다. 나는 그의 굳건한 다짐만큼 최종 변론에 이르기까지 계속 흔들리는 모습에도 공감했다. 고민의 폭과 깊이야 비교할 수 없지만 인정받기 위한 삶과 인정으로부터 자유로운 삶 사이에서 평생 고민했던 나 자신을 보는 것 같았기 때문이다.

　삶의 애환이라는 오래된 말이 있다. 애환(哀歡)이라는 말이 단지 슬픔만이 아니라 슬픔과 기쁨을 함께 뜻한다는 걸 얼마 전에야 알았다. 야간 상담 일에도 언제나 슬픔과 기쁨의 순간이 공존한다. 슬픔의 순간은 너무 많이 알려져 있고, 앞으로도 많이 말하게 될 것이니 여기선 생략하자. 야간 상담을 하다 보면 별의별 고객을 다 만나기에 종종 재미있고 유쾌한 경험을 한다. 또 업무 자체가 곤란을 겪는 고객들을 돕는 일이라 소소하나마 가치 있는 일을 해냈다는 성취감도 하루 몇 번씩 느끼게 된다.

　운 좋게 서로의 어려움을 배려하고 챙겨주는 관리자와 동료들도 만났다. 일터 바깥에는 현재 있는 그대로의 내 삶을 응원해 주고, 또 다른 미래의 삶에 대한 고민을 듣고 격려해 주는, 사랑하는 애인과 친구들이 있다. 어릴 적 친구들이 나를 걱정하는 마음이 진심이라는 것도 물론 안다. 삶의 성공과 실패를 온전히 받아줄 사람이 곁에 있다는 건 큰 행운이다. 행운을 흔쾌히 받아들이고 나 자신과 내 삶을 더 사랑하기로 한다. 그럴 때야 비로소 타인의 삶에도 너그러워지고, 좋은 친구가 되어줄 수 있다. 자신의 삶을 온통 실패나 불행이라고 여기는 순간 세상과 타인을 미워하지 않기란 어렵다. 우리가 배워야 할 것은 타인에게 사랑받는 기술이 아니라 사랑하는 기술이라고 한 에리히 프롬의 오랜 경구는 여전히 유효하다. 우리 모두는 사랑받을 자격이 있는 존재일 뿐만 아니라 타인을 사랑할 능력과 자격이 있는 존재다. 나 자신에게, 좀 늦었지만 준호에게도 해주고 싶은 말이다.

먹고살자고 하는 일

야간 상담사들에겐 늦은 밤과 새벽의 허기를 때우는 일이
고민거리다. 식당이 문을 연 시간이 아니라 마땅히 나가서 먹을
곳도 없다. 이른 저녁을 충분히 먹고 출근해 버텨보는 동료들도
있었지만, 허기를 잘 못 참는 나에게는 어려운 방법이었다.
땀 흘리며 칼로리를 소비하는 일보다야 덜하겠지만 말을 많이
하는 것만으로도 배가 금방 꺼진다는 걸 야간 상담을 하며
알았다. 처음 콜센터에 들어와서는 선임 상담사들의 식사 습관을
따랐다. 상담사들은 주로 출근할 때 사온 편의점 도시락이나
햄버거 같은 인스턴트 음식으로 식사를 했다. 인터넷으로
냉동볶음밥 같은 걸 주문해 휴게실 전자레인지에 데워 먹기도
했다. 근무 시간이 길다 보니, 끼니를 해결한 후에도 배가
출출해지면 회사에서 지원해 주는 컵라면이나 과자류로 다시
찾아온 허기를 해결했다.

　몇 년째 그렇게 식사를 하다 보니 언젠가부터 늘 소화불량에
시달렸다. 새벽부터 체해서 더부룩한 상태로 집에 가 하루 종일
앓아누웠다가 다음날까지 아무것도 못 먹고 빈속으로 체한
기운을 씻어내고서야 겨우 출근하는 날이 잦았다. 다른 동료들의
몸 상태도 마찬가지였다. 건강검진 결과를 공유하면 대부분 만성

위장장애와 각종 성인병을 갖고 있었다. 야간 교대 근무로 다들
조금씩은 갖고 있는 불면증과 낮과 밤이 계속 바뀌는 불규칙한
수면 리듬에다 소화도 잘 안 되는 기름진 인스턴트 음식을
몇 년 동안 새벽마다 먹어왔으니 몸이 정상을 유지하고 있을
리가 없었다.

　　게다가 야간 상담사들은 안 좋은 식사 습관을 하나 더
가졌다. 새벽 휴식 시간을 이용해 천천히 여유 있게 식사를
할 수도 있지만 허기는 그보다 일찍 찾아왔고, 깊은 밤이 될
때까지 계속되는 상담이나 모니터링에 지쳐서 새벽에 주어지는
휴식 시간은 잠자는 데에 쓰는 게 보통이었다. 그러다 보니
업무 규정에 어긋나는 걸 알면서도 근무하는 자리에서 업무를
진행하며 대충 식사를 해결했다. 먹는 도중에 콜이라도 들어올까
신경 쓰여 급히 식사를 했고, 운 나쁘게 먹다가 긴 민원 통화를
받거나, 시간이 많이 걸리는 대량의 부정사용 사고를 정신없이
처리하다 보면 다 식어버린 도시락이나 퉁퉁 불어 터진 라면을
먹어야 했다.

　　계속 이런 식사 습관을 유지하다가는 몸에 큰 탈이 나겠다
싶었다. 새벽에 냉동볶음밥이나 라면을 대신할 먹을거리를
여러 가지로 고민했다. 요리하는 것을 즐겨 몇 번은 집에서
괜찮은 재료로 정성껏 도시락을 만들어 가져가기도 했지만 얼마

못 가 포기했다. 집에서 식사를 늘 직접 차려먹는 터라 출근할
때마다 매번 도시락까지 싸기가 버거웠다. 어릴 때 어머니가
도시락 싸주던 일이 얼마나 귀찮았을지 새삼 깨달았다. 우연한
계기에 고구마를 오븐에 구워 가져가기 시작했다. 며칠 치를
한 번에 준비하기도 어렵지 않고 입맛에도 맞고 소화가 잘 되는
기분이었다. 계란도 한꺼번에 삶아두었다가 같이 가져와 먹었다.
약간 모자란듯해서 우유에 탄 미숫가루도 준비했다. 이렇게
군고구마, 삶은 계란, 미숫가루로 구성한 나만의 야간 근무 식단
3종 세트를 완성했고 오랜 시간 같은 식단을 유지하고 있다.
이후로는 놀랍게도 소화불량으로 고생하는 날이 거의 없어졌다.
식단을 짤 때쯤 시작한 스쿼트 운동도 소화 기능을 회복하는 데에
도움이 되었다.

　　하루는 형석 씨가 늦은 밤 근무하는 자리에 앉아 도시락을
먹고 있었다. 동갑내기 친구 동규 씨가 지나가다 도시락을 보더니
놀리듯 한마디를 던진다. "어디서 따로 사업해서 돈 좀 벌었냐?"
새로 출시한 편의점 프리미엄급 도시락이었나 보다. 갑자기
형석 씨가 울컥한 목소리로 받아친다. "야, 다 먹고살자고 하는
일인데, 내가 밤새 일하러 와서 이딴 만 원짜리 도시락 하나 못
먹냐?" 친구의 농담에 과장 조로 억울해하며 대꾸했지만 형석
씨의 항변엔 분명 약간의 진심이 담겨있었다. 눈치 빠른 다른
상담사들이 분위기가 싸해지기 전에 만 원짜리 편의점 도시락

어떻게 생겼나 구경이나 해보자며 형석 씨 자리로 몰려갔다.

　다 먹고살자고 하는 일. 야간 상담사로 일하면서 동료들에게
종종 들었고, 나도 입 밖으로 내뱉지 않았지만 머릿속에 여러 번
떠올린 말이다. 솔직담백하게 끼니의 중요성을 강조하는 듯한
이 말에는 삶에 대한 저마다의 절실함이 담겨있다. 누군가는 당장
시급한 생존을 위해 일하고, 누군가는 가족의 평안과 행복을
위해 일한다. 이왕이면 건강히 살고 싶어 몸에 좋은 식단을
고민했던 것도 다 먹고살자고 하는 일이라는 생각에서 멀지 않다.
　그날의 퇴근길 형석 씨는 새벽에 도시락 때문에 벌컥 했던
생각이 나서 머쓱했던지 엘리베이터를 함께 기다리던 나에게
밤새 개고생하고 십만 원 좀 넘게 벌어가는데 전화 몇 통
받으면 도시락 값 나오냐며 웃는다. 형석 씨를 놀린 동규 씨는
축구 좋아하는 아들을 축구선수로 키우는 게 꿈이다. 아들을
뒷바라지하기 위해서라면 이틀에 한 번이 아니라 매일 밤이라도
샐 수 있고, 가끔 예의 없는 것들에게 욕을 들어먹는 것쯤은
아무것도 아니라고 말한다. 나는? 글을 써서 먹고사는 작가를
꿈꾸었지만 이루지 못한 채, 우연히 시작한 야간 상담 일을
십여 년째 하고 있다. 그러나 사랑하는 사람과 함께 살며 연로한
부모님의 생계를 도울 수 있으니 이만하면 그럭저럭 다행이다.
그래, 비록 동어반복일지라도 사는 데 가장 중요한 건 먹고사는
거고, 돈벌이가 있어 절실한 삶의 문제를 해결할 수 있다면

그것만으로도 다행이다.

　　때로 '다 먹고살자고 하는 일'이라는 말에는 삶에서 포기한 무언가에 대한 상실감이 담긴다. 상실감이 어떤 운명에 대한 굴복이나 패배의 인정으로만 남을 때는 삶의 방향마저 잃게 만든다. 우리는 종종 먹고살아야 한다는 핑계로 세상의 부당함과 부조리함에 무기력하게 굴복하고, 망가지고 훼손되는 자아를 방치한다. 먹고살자고 너무 많은 것들을 쉽게 포기할 때 먹고사는 일조차 힘들어진다는 것을 지나온 역사는 가르쳐준다. 먹고사는 일의 중요함은 아무리 강조해도 지나치지 않지만 그 너머의 삶을 바라보는 일을 너무 두려워하지 않기로 마음먹는다.

3장.

타 인 이 라 는　　　지 옥

왜 계집애처럼 말을 해

왁자지껄한 소음과 만취한 목소리. 술집에서 술을 마시다가 카드 승인 메시지를 보고 전화를 걸어온 고객이었다. 해당 승인을 정상적으로 사용했는지 확인하려니 고객은 보이스피싱이라 여겼는지 지금 카드를 쓰지도 않았고, 그런 카드 만든 적도 없다며 다짜고짜 욕설을 퍼부었다. 승인된 곳은 기존에 사용한 적 있는 이용처였고, 꾸준한 카드 이용 내역과 패턴을 볼 때 자녀가 고객 명의 카드를 정상적으로 쓰고 있는 듯했다. 비슷한 착각으로 전화를 걸어와 따지거나 카드를 정지하려는 고객들이 종종 있었고 몇 가지 확인을 하고 나면 대부분 곧 오해를 풀었지만 이 고객은 좀처럼 설명할 틈을 주지 않았다. 만에 하나 실제 분실 사고라면 추가 피해를 막기 위해 카드 정지를 해줘야 하니 이런 경우에는 고객이 욕설을 한다고 대뜸 상담을 중단하기도 곤란했다. 술기운에 험한 말을 쏟아내는 고객을 어르고 진정시키며 가족에게 쓰도록 준 카드가 없는지 물었다. 고객은 뭔가 기억이 났는지 욕설이 좀 잦아들더니 갑자기 내 목소리를 가지고 빈정대기 시작했다.

"근데 사내새끼가 왜 계집애처럼 말을 해?"

    나름대로 나를 모욕해 보겠다고 한 소리겠지만, 턱도 없다.
이래 봬도 난 초등학교 5학년 때 장기자랑에서 여장대회에까지
출전한 몸이다(수줍고 연기력이 부족해 꼴등에서 두 번째인
아차상에 그쳤지만). 중성적인 느낌이 남자나 여자 모두에게
매력 포인트가 되는 시대에 계집애 같다는 시대착오적인
욕이라니. 그렇다고 "고객님, 너무 촌스러우시네요." 할 수는
없지 않은가. 내 목소리가 배우 지진희처럼 굵고 중후한
목소리였다면 고객에게 다른 욕은 먹더라도 계집애 같다는 말은
듣지 않았을 것이다. 가끔 상담 녹취로 확인하는 목소리는 내가
듣기에도 가늘고 톤이 좀 높지만 까마득한 옛날에 변성기를 지난
목소리가 정말로 성별을 헷갈릴 정도는 아니다. 고객은 남자인 건
분명한데 '싸나이'답지 않은 어떤 태도를 지닌 나에 대한 경멸을
슬기운 빌어서 드러내고 있었다. 처음 겪은 일은 아니다. 대개
나이 지긋한 중년의 아저씨 고객들이었다. 여자 같다는 말을
욕으로 쓰려면 기본적으로 여성 비하 의식이 깔려있어야 하니
크게 이상한 일은 아니었다.

    계집애 어쩌구 하는 막돼먹은 말을 하는 고객이 아니라도
상담을 하던 여러 고객들이 "실례지만 남자분이세요,
여자분이세요?" 하고 물었다. 남자 상담사라고 머쓱하게 답하면,
예의 바른 고객은 결례가 되는 물음이었을까 신경 쓰이는지
목소리가 아주 친절해서 여쭤본 거라고 수습하기도 한다.

고객들이 순간 성별이 헷갈렸다면 아마도 그저 가늘고 여린 목소리 때문이라기보다는 나에게서 남성보다는 여성이 보여줄 거라고 기대하는 태도를 강하게 느꼈기 때문일 것이다.

콜센터에 전화해 남자 상담사의 목소리를 만나는 일은 고객들에겐 여전히 낯설다. 야간 상담 부서는 원래부터 남성 인력으로만 운영되는 곳이 많았고, 주간 상담 부서도 점점 남자 상담사들이 늘어나는 추세이긴 하지만 콜센터라는 업종 자체가 아직은 대표적인 여성 노동자의 일터라는 고정관념이 남아 있기 때문이다. 크게 이상한 일은 아니다. 고객이 콜센터에 전화해 만나는 상담사에게 기대하는 태도나 성정, 이를테면 친절함과 배려, 부드러운 응대, 상냥하고 싹싹한 목소리 등은 오래전부터 대개 여성들에게 우선적으로 요구되어온 덕목이었다. 어머니나 아내, 며느리로서 '여성적 가치'를 수행하던 여성들이 가정을 나와 사회로 진출하게 되었을 때, 사회에서 여성에게 어울린다고 미리 규정한 영역 안에서 주로 직업을 찾았다. 세상이 많이 변한 현재 시점에서도 성역할의 제약을 넘어선 여성의 성취가 큰 화제가 되는 까닭은 역설적으로 여자는 여자에게 맞는 일을 해야 한다는 고정관념이 완전히 사라지지 않았기 때문이다.

남자 상담사는 남자와 여자가 각각의 성에 맞는 일을 해야 한다는 성역할 고정관념의 장벽을 반대 방향에서 넘은 셈이다. 하지만 패션이나 뷰티처럼 전문성을 인정받는 몇몇 직업군을 제외하면, 소위 '여성적 가치'를 필요로 하고 실제로 여성 노동자가 대다수인 직업 영역에 남성이 들어가는 현상은 흥밋거리 이상의 화제가 되지 않는다. 여성이 남성으로 가득한 직업 영역에 발을 디뎠을 때 동종 업계 남성들에게 겪는 견제와 배제 따위를 동료 여자 상담사들에게 받지도 않는다. 콜센터 상담노동만이 아니라 집밖으로 나온 유급 가사노동, 영유아나 노인, 장애인, 환자를 돌보는 돌봄 노동 등 '여성적 가치'를 필요로 하는 대부분의 직업들은 사회적으로나 경제적으로 낮은 평가와 보상을 받고 있기 때문이다. 취객이 던진 계집애 같다는 욕에는 바로 계집애들이나 할 일을 못나게 사내새끼가 하고 있다는 속내가 담겨있다.

여성은 태어나는 것이 아니라 만들어지는 것이라는 철학자 보부아르의 말에는 깊은 통찰과 생명력이 있다. 그 주장은 지난날 여성에게 주어진 성역할로부터 자유로워지려는 운동에서부터 훨씬 더 급진적으로 성별과 성정체성을 스스로 선택할 수 있으며, 나아가 남성/여성이라는 것은 사회적으로 구성될 뿐 원래 구분되어 존재하지 않음을 주장하며 이분법적 성정체성을 해체하려는 오늘날의 이론까지 포괄한다. 다만 성역할의 장벽을 허물고 고정된 성정체성을 해체해 삶의 다양성을 높이는 싸움은 사회적인 인정과 경제적 분배 영역에서 여성적 가치의 노동이 충분한 몫을 찾는 싸움과 함께 갈 수 있어야 한다. '여성적 가치'가 사회적으로 만들어진 것이자 강요된 여성성임을 드러내는 것만큼 이미 세상에 존재하는 그대로의 가치와 의미를 인정받는 것도 중요하다.

'여성적 가치'를 인정받는 싸움에는 다른 의미도 있다. '싸나이'다움을 원하는 아저씨 고객이 '계집애'같은 남자 상담사에게 드러낸 경멸은 스스로 확신한 세상의 질서가 순간 흔들리는 위협을 느꼈다는 뜻도 된다. 여기서 '여성적 가치'는 물론 생물학적 여성만의 가치는 아니다. 이날 아저씨 고객의 심기를 불편하게 한 '여성적 가치'의 주체는 바로 계집애 같은 태도로 말하는 나, 남자 상담사였다. 친절하고 상냥한 남자 상담사는 만들어진 성역할 장벽을 허무는 또 하나의 모델이자, 성별을 초월한 '여성적 가치'의 보편성을 보여주는 존재가 될지도 모른다.

연극이 끝나고

꼬마 때는 겁이 많아 어두워지면 집안에 있는 화장실도 혼자서 가지 못했다. 나이가 좀 들어 웬만한 두려움 정도는 떨치는 방법을 배웠다. 두려움이라는 느낌이 대체 뭘까 그 자체에 대해 생각하다 보면 어느새 실제로 느끼는 두려움은 사라진다. 고객과 통화하다 감정노동의 스트레스를 극심하게 겪을 때도 유용하다. 전화기 너머에서 무작정 욕하며 알 수 없는 분노를 표출하는 고객을 잠시 내버려 두고 감정노동 자체에 대해 생각해 보는 것이다. (물론 잊지 말고 가끔씩 고객의 말에 호응해 줘야 한다.)

사회학자 앨리 러셀 혹실드의 설명을 빌려오자면 감정노동은 친절함이나 배려심처럼 사적 인간관계에서 필요한 개인의 덕목이었던 감정 소통의 자질을 자본주의 사회에서 육체적·지적 능력처럼 상품으로 만들어 파는 행위다. 감정의 능력은 육체적·지적 능력보다 불안정한 자질이다. 개인이 처한 상황이나 몸과 마음 상태에 따라, 심지어 날씨에 따라서도 우리의 감정은 흔들린다. 사적인 영역에서라면 상대에 대한 솔직한 감정 표현도 필요한 미덕이다. 만약 상대가 이유 없이 자신을 적대적으로 대한다면 모욕감이나 수치심, 분노를 드러내는 게 소통에 도움이 될 수 있다. 하지만 감정노동을 파는 직장은 상담사 개인의 불안정한 감정이나 솔직한 마음과 무관하게 고객만족이라는 결과를 만들어내야 하는 현장이다. 고객과 상담사의 감정이 정면으로 충돌하는 드라마는 허용되지 않는다. 어떤 소통의 위기가 닥쳐도 흔들리지 않기 위해 만들어낸 감정, 이른바 '자본주의 미소'가 생겨난다. 잘 통제되고 훈련된 감정노동자의 감정은 개개인이 본능이나 상황에 따라 자유롭게 드러내는 감정보다 고객만족이라는 목표를 이루기에 효과적이다.

2017년 고용노동부에서 만든 감정노동자 보호 매뉴얼에서는 이러한 현실을 반영해 더 알기 쉽게 정의를 내린다.

감정노동이란 말투나 표정, 몸짓 등 드러나는 감정 표현을 직무의 한 부분으로 연기하기 위해 자신의 감정을 억누르고 통제하는 일이 수반되는 노동이다.

감정노동자는 직무를 위해 자아와는 분리된 가면을 쓰고 일한다는 의미다. 사회학자 어빙 고프먼은 『자아 연출의 사회학』에서 우리는 모두 사회 속에서 늘 바뀌는 상황과 역할에 맞는 배역의 가면을 쓰고 살아갈 운명이라고 주장한다. 인간이라면 누구나 세상이라는 무대에서 감정노동을 하고 살아가는 감정노동자라고 말하는 듯하다. 매일매일 자아를 연출하고 살아가는 연극적 삶의 보편성을 강조하다 보니 무대 위 배역의 권력이나 불평등 문제를 덜 다룬 아쉬움은 있다. 세상 속 배역으로 왕 노릇하는 삶과 몸종 노릇하는 삶 사이 성취감과 피로도의 크기는 다를 것이다. 그럼에도 학자의 탁월한 통찰은 거꾸로 사회적 배역이 곧 내 존재 자체는 아니라고 깨닫게 하며, 역할을 수행하는 나와 분리되어 관찰하는 '진짜 나'를 가정하게 해준다.

다시 상담사의 감정노동으로 돌아가 보자. 고객, 특히 악성 민원 고객과 힘겨운 상담을 할 때, 지금 헤드셋을 쓰고 상담을 하는 나는 '진짜 나'가 아닌 '상담사 배역으로서의 나'라고 주문을 건다. 어설프더라도 신통하게 배우처럼 감정 연기가 가능해진다. 꽥꽥대는 맹수 같은 고객을 달래기 위해 순한 양을, 사또처럼 혼자 잘잘못을 판결 내리는 고객 앞에서는 자세 낮춘 죄인을, 뜬금없이 자비를 베푸는 왕이 된 고객 앞에서는 성은에 감사하는 신하를 연기한다. 한 번의 상담을 한 편의 연극이라고 여기면서. 악성 민원 고객에게 모욕과 조롱을 당하는 대상은 상담사 배역 역할이며 '진짜 나'는 그 맛깔난 연기를 하는 배역 뒤에 숨어 흥미롭게 관찰하고 있다고 생각하면서.

배역과 일체가 되어 진심으로 몰입하는 감정 이입 연기는 위험하다. 연쇄 살인마 역할에 몰입했던 배우 최민식은 영화 속 살인마 배역에 몰두하다 배역으로서 저지른 살인과 폭력의 생생한 기억에서 빠져나오지 못해 오랫동안 힘들었다고 한다. 상담사 배역과 일체가 되어 고객과 터놓고 소통하려다가는 상담사로서 겪는 상처와 고통을 '진짜 나'가 오롯이 다 떠안게 될지도 모른다. '진짜 나'는 거리를 두고 내면 어딘가 안전한 은신처에 피해있어야만 한다. 상담사 배역을 연기하는 일은 가면을 쓰는 것과도 같다. 쏟아지는 욕설이나 비아냥은 가면이 받아내도록 하자. 가면 속에는 상처받지 않고 감정을 지켜낸 '진짜 나'가 있다.

2018년 감정노동자 보호법이 제정된 후로 욕설이나 성희롱을 행하는 고객의 통화를 임의로 종료할 수 있게 되자 이른바 '정중한 괴롭힘'이 많이 일어난다는 상담사의 인터뷰를 본 적 있다. 나도 종종 경험했다. 내가 일하던 콜센터에서는 보호법이 시행되기 전부터 고객이 경고를 무시하고 계속 욕설할 때는 상담을 중단하고 ARS 초기 단계로 돌릴 수 있는 내부규정을 만들었고, 폭언하고 욕설하는 악성 고객으로 넘쳐나는 야간 상담 부서에서는 비교적 잘 시행되었다. 그러자 욕설도 반말도 하지 않고 정중한 어조로 상담사를 괴롭히는 고객들이 나타났다.

상담을 중지하는 기준에 들지 않아 통화를 임의로 끝낼 수도 없는 정중한 괴롭힘 가운데는 늘 집요하게 상담사의 가면을 벗겨내려는 시도가 있었다. 특정 개인으로서가 아니라 회사를

대표해 고객을 대하는 상담사는 소속이나 이름 외의 신상정보는
고객에게 밝히지 않아도 된다. 정중한 괴롭힘을 행하는
고객들은 집요하게 개인 신상을 묻는다. 상담사가 별 경계 없이
답변할 정보부터 슬쩍 묻는다. 상담사님 목소리가 좀 특이한데
남자분이에요? 여자분이에요? 한번 대답하면 질문은 이어진다.
나이는요? 어디 사시죠? 결혼은 했어요? 실례가 되지 않으면
월급은 어느 정도예요? 결혼하신 남자분이면 많이 힘들겠네요?
무심결에 하나씩 대답하다가 어느 순간 함정에 들어온 걸 깨닫고
대답을 거부한다 해도 이런 질문을 계속 받다 보면 상담사가
쓰고 있던 가면은 저절로 벗겨진다. 그 질문 자체가 상담사
배역이 아닌 '진짜 나'를 겨냥하기 때문이다. 어느새 배역이 아닌
진짜 나 자신으로 돌아와 조롱이나 모욕의 총알을 직접 받고
있다고 느낀다.

        '상담사 배역으로서의 나'와 '진짜 나'의 분리를 유지할 수
있을까. 웹드라마 <사랑합니다 고객님>의 한 장면에서 콜센터
상담사인 주인공 여성은 지하철역에서 소매치기에게 지갑을
강탈당할 위기에서도 "고객님, 이러시면 안 됩니다." 하는
말버릇이 나온다. 걱정하며 다가온 시민들에게 연신 고개를
숙이며 고객 응대 노동자 특유의 미소를 짓는다. 배역은 이미
진짜 나를 잠식했다. 콜센터 상담사들이 자신의 존엄을 지키기
위해 가면을 쓰고 자아와 상담사 배역을 분리시킨다 해도 가면

뒤의 '진짜 나' 역시 상처받다가 점차 자아를 잃어간다. 연극이 끝나고 나서도 감정노동이라는 행위가 남기는 여파가 쉽게 사라지지 않는 까닭이다. 콜센터 상담사라는 직업이란 애초부터 '진짜 나'를 구성하는 중요한 정체성 중 하나이며, 배역으로 따로 존재하는 게 아닐지도 모른다.

비폭력 대화

『비폭력 대화』는 미국의 임상 심리학자 마셜 B. 로젠버그가
세상의 다양한 폭력과 갈등 상황을 평화롭게 풀어내기 위해
구상한 의사소통 이론을 담은 책이다. 제목에 솔깃하면서도
경계심이 생긴다. 지금도 콜센터 상담사들은 고객의 욕설과 조롱,
빈정거림 등 온갖 언어 폭력을 참아내며 상담한다. 얼마나 더
참으라는 말인가. 불신을 잠시 거둬본다. 책에 따르면 '비폭력
대화'는 상대의 말과 행동에 대해 섣불리 판단이나 평가를
내리지 않는 신중함에서 시작하니까.

저자는 우리 자신의 폭력적인 태도와 행동이 세상의 모든
폭력과 갈등을 만들었으므로, 세상을 바꾸는 변화는 우리가 매일
쓰는 언어와 대화 방식을 바꾸는 데에서 시작한다고 주장한다.
바른 말 고운 말 쓰기 캠페인인가 다시 의구심이 들지만
선입견을 갖지 않도록 꾸욱 참으며 책을 완독한다. 책에 나온
비폭력 대화의 핵심을 정리해 보자면 다음과 같다.

1. 타인의 말이나 행동을 함부로 평가하거나 판단하지 않고
우선 있는 그대로 관찰한다.
2. 관찰을 통해 상대의 느낌을 정확히 파악하고, 받은
느낌을 솔직하게 표현한다.

3. 나 자신과 상대의 느낌을 일으킨 내면의 욕구, 진짜
원하는 것을 깨닫는다.

4. 서로의 삶을 풍요롭게 할 구체적인 말과 행동을 정중히
요청한다.

고객의 콜이 몰려들어 무척 바쁜 콜센터의 어느 주말 밤이다.
겨우 연결된 고객들은 오랜 통화 대기에 분통을 터뜨리고,
상담사는 계속 양해를 구하며 사과하느라 지쳐가는 참이다.
전화기 너머에서 걸쭉한 욕설이 들려온다. 상담사는 열불이 난다.
'통화 연결이 늦은 건 내 탓이 아닌데 왜 나한테 욕을 하는 거야?'
하지만 상담사는 전날 읽은 『비폭력 대화』의 방법을 적용해
보기로 한다.

'또 개진상 고객이구나.' 하고 부정적인 평가나 판단을 하지
않고, 상담 대기 시간이 오래 걸려 화가 많이 나셨을 거라고 욕설
속에 담긴 감정에 공감을 드러낸다. 고객은 흥분해서 거친 욕부터
했는데 생각지도 않은 공감의 말을 듣자 당황한다. 화가 당장
가라앉지는 않는다. 술 한잔 사기로 한 친구들 앞에서 카드가
거절되는 바람에 아주 창피하고 부끄러웠다. 한도도 충분하고
대금 연체도 없는데 왜 카드가 정지되어 있냐고 따진다. 상담사는
고객이 단지 늦은 통화 연결 때문이 아니라, 예상 못한 카드
거절로 망신스러운 상황을 겪어 화가 났다는 걸 알았다. 고객의
진정한 욕구를 파악한 것이다.

카드는 고객이 이미 완납한 다른 카드사 연체 정보가 남아있는 바람에 정지된 상태였다. 고객은 카드사끼리 연체 정보는 공유하면서 완납 정보는 왜 그렇지 않은지 여전히 불만이다. 카드사 간에는 완납 정보도 연체 정보도 공유되는 데에 시차가 생긴다는 걸 설명하고, 곧 카드 사용이 가능하겠지만 빠른 시간 안에 이용이 안 된다면 정상 업무 시간에 콜센터로 다시 연락해 카드를 바로 이용할 방법이 있는지 문의하도록 안내한다. 고객은 화나고 수치스러웠던 자신의 상황에 공감하고, 자신의 욕구를 정확히 파악해 차근차근 이해시켜주고, 해결 방안까지 알려준 상담사에게 고마워한다.

여기서 끝내면 안 된다. 이제 비폭력 대화의 나머지 절반을 완성할 때다. 우선 상담사의 느낌과 욕구를 고객에게 솔직하게 표현한다. 그저 고객의 욕설에 상담사 자신도 화났다고 비난하는 건 자신의 감정을 상대가 책임지도록 강요하는 잘못된 대화 방식이라고 책에서 배웠다. 상담사는 자신의 인격을 존중받으며 일하고 싶은 욕구를 표현하고, 고객의 욕설을 들었을 때 존중받지 못한 느낌이 들어 마음이 아팠다고 고백한다. 고객은 상담사의 느낌과 욕구에 공감한다. 이젠 서로의 풍요로운 삶을 위한 긍정적이며 구체적인 요청을 할 때다. 다음에는 상담사를 더 부드러운 말로 대해주길 요청하고, 그래만 준다면 고객을 더 잘 도울 수 있어 기쁠 거라고 진심으로 부탁한다. 고객은 수긍하고 흔쾌히 약속하며 전화를 끊는다.

콜센터 민원 고객과의 상담에 적용해본 가상의 비폭력 대화다. 완벽한 해피엔딩으로, 특히 후반부는 어딘가 비현실적이며 닭살 돋는 느낌마저 든다. 대개의 민원 상담은 저렇게 이상적으로 흘러가지 않는다. 고객은 상담사가 가만히 들어준다고 해서 욕설을 쉽게 멈추지 않고, 상담사의 공감 표현 몇 마디로 흥분과 화를 가라앉히지 않는다. 자신의 요구를 바로 해결해 주지 못하는 상담사가 대안을 제시한다고 얌전히 수긍하지도 않는다. 실제 상황에서 고객은 제풀에 지칠 때까지 욕설이나 험한 말을 하며, 무슨 방법을 써서든 당장 카드를 쓸 수 있게 하라거나 친구들 앞에서 창피를 겪은 데 대한 정신적 손해배상을 하라고 긴 시간 악성 민원 통화를 이어갈 가능성이 높다.

고객 응대 경험이 많고 공감 능력이 좋은 상담사들은 굳이 『비폭력 대화』를 읽지 않았더라도 비슷한 방식으로 고객에게 공감해 주며 상담하려고 노력한다. 다행히 상담사의 노력이 결실을 맺으면 진상을 부리던 고객이 거칠었던 언사를 사과하기도 한다. 다만 상담사가 자신의 느낌이나 욕구를 솔직하게 표현하거나 고객에게 태도를 바꿔달라고 요청하는, 저 가상의 비폭력 대화 후반부는 실제 상담 매뉴얼에서도 한참 벗어나있다. 비폭력 대화는 폭력과 갈등 상황을 중재하고 해결하는 과정에서 서로의 관계가 수평적이거나, 상하 위계가 있더라도 각자의 느낌과 욕구를 표현할 여지가 있는 상태를 전제로 한다. 콜센터 상담사의 감정노동은 이와 다르다. 상담사는 느낌이든 욕구든 고객에게 솔직히 드러내는 것이 허용되지 않는다. 상담사가 고객을 붙잡고 진실한 속내를 표현하는 상황이 발생하면 민원이 악화되는 걸 우려한 관리자에게 중간에 제지 당하거나 상담 후 심한 잔소리를 들을 테고, 콜 품질 평가에 포착되면 감점까지 받을 것이다. 반쪽짜리 비폭력 대화가 될 수밖에 없는 콜센터의 현실 앞에서는 능숙하고 공감 능력이 뛰어난 일급 상담사들조차 감정노동의 스트레스에서 벗어나지 못한다.

『비폭력 대화』는 논쟁의 여지가 있는 주장 하나를 반복한다. '타인에 대한 비판이나 분노는 충족되지 않는 자기 욕구의 왜곡된 표현이다. 분노의 대상을 미워하고 증오하기보다는 자신의 욕구를 충족하는 방향으로 삶의 에너지를 쏟아야 한다. 자신의 느낌과 욕구를 솔직히 털어놓고 상대의 느낌과 욕구를 왜곡하지 않고 받아들이며 소통한다면 세상의 폭력과 갈등의 문제가 풀릴 것이다.' 가령 미국의 인종차별 문제라면, 인종주의자가 옳지 않다고 주장하거나 차별을 멈추라고 비판하기보다 한 도시의 흑인과 백인이 서로의 속내를 털어놓고 대화하는 것으로 문제를 해결하자는 식이다. 과연 보편적인 가치나 정의의 기준을 세우는 싸움 없이 상대주의적, 관용적 태도에 의지한 의사소통만으로 실질적인 변화에 이를 수 있을까. 대화와 소통을 통한 문제

해결을 강조하는 이론들이 언제나 맞닥뜨릴 수밖에 없는 비판이고, 비폭력 대화 역시 이 비판으로부터 자유로울 수 없다.

그래도 다시 비폭력 대화를 옹호해보자. 『비폭력 대화』의 초판 머리말을 쓴 아룬 간디는 비폭력 불복종 운동을 주도하며 인도 독립에 기여한 사상가 마하트마 간디의 손자다. 비폭력 대화 이론은 간디의 실천과 정신적 뿌리를 같이한다. 간디의 비폭력주의가 불복종 운동이라는 담대하고 결연한 실천과 함께했듯이, 비폭력 대화도 그저 타인의 폭력에 무력하게 순응하거나 침묵하는 대화의 기술이 아니다. 타인의 느낌과 욕구를 존중하고 공감하되, 나의 느낌과 욕구에 우선 귀 기울이고 우직하게 상대와 소통할 것을 강조한다. 어떤 폭력과 갈등의 상황 속에서도 내 느낌의 근원인 욕구, 내가 진짜 바라는 것이 무엇인지를 놓치지 않고 자아를 지켜낼 때 의사소통의 진정한 목표를 이룰 수 있다.

비록 반쪽만 활용하는 비폭력 대화의 무대지만 콜센터 고객상담에도 적용할 수 있는 목표다. 고객의 언어 폭력에 화가 나고 분노가 치민다 해도 맞대응해서 흥분하거나 분노하지 않고, 자신을 필요 이상 낮추며 비굴해지지도 않는다. 그렇게 끝까지 정중함을 유지하면 고객이 약간 당황한 나머지 스스로 폭언과 욕설을 그치기도 한다. 분노의 원인을 대상에서 찾는 것을 멈추는 대신 내가 어떤 가치의 훼손이나 상실 때문에 분노하게 되었는지에 집중한다. 내가 세상에서 지키고 싶은 가치가 무엇인지, 어떤 신념을 포기하지 않고 살아갈 것인지.
복수의 칼을 갈고 찾아가서 사과받을 수도, 받은 대로 되갚아줄
수도 없는 개진상 고객을 미워하며 인간 자체에 대한 혐오감에
빠지기보다 내 상처받은 자아의 회복에 힘을 쏟고, 타인과의
삶에서 내가 소중히 여기는 가치를 추구하는 게 낫지 않을까.

가족 말고

드라마 〈나의 아저씨〉에 주인공 동훈이 어떤 빌라 건물주를
찾아가는 장면이 나온다. 청소방을 운영하는 동훈의 형이
청소 계약을 한 건물이다. 형은 청소하다가 계단을 내려오던
건물주에게 실수로 먼지를 묻혔고, 계약 해지를 운운하며
성을 내는 꼴통 건물주 앞에 무릎을 꿇고 사과한다. 도시락을
갖다주러 갔다가 우연히 그 모습을 본 어머니는 마음에 큰 상처를
받는다. 이를 안 동훈은 망치를 들고 찾아가 건물주의 사무실
벽을 때려부수며 말한다. 세상을 살며 온갖 수모를 겪어봤지만,
다행이다 싶은 건 가족이 모른다는 사실이었다고. 어머니가 보는
앞에서 형을 모욕했으니 이 자리에서 당신을 죽여도 이상할 게
없다고.

살의까지 느껴본 적은 없지만, 동훈의 대사에는 은근히
공감했다. 고객에게 심한 인격 모욕을 당하면서도 꾹 참고 비굴한
태도를 취해본 적 있는 콜센터 상담사라면 많이들 공감하지
않았을까. 가족이 상심할 것을 걱정하는 감정만은 아니었다.
현실 앞에 힘없고 나약한 내 모습이 창피하고 이를 가족에게
들키고 싶지 않은 알량한 자존심이 뒤섞인 복잡한 감정이었다.
어떤 고객은 이걸 알아채고 상담사를 빈정거리거나 몰아세울 때

일부러 부모나 가족을 언급하기도 한다. 어떤 상황에서도 침착하고 능숙하게 고객을 대하던 선임 대호 씨는 지독한 민원 통화 중에 얼굴이 붉어진 채, 자기에게 무슨 이야기를 해도 좋으나 부모님 이야기까지 꺼내지는 않았으면 한다는 말을 반복하며 터질듯한 분노를 억누르고 있었다. 건물주의 부실공사 약점을 잡아 겁주고 응징한 구조기술사라는 드라마 속 동훈의 직업처럼 그럴듯한 무기가 콜센터 상담사에겐 없었다.

〈나의 아저씨〉 속 가족 이야기가 좀 구식이라 해도 공감을 불러일으키는 것처럼, 가족애는 여전히 우리 사회에서 누구도 쉽게 부정하지 못하는 중요한 가치다. 고객에게 시달리는 감정노동자를 보호하기 위해 가족이라는 감정에 호소하는 캠페인이 정부 차원에서, 각 콜센터 차원에서 벌어진다.

지금 당신이 마주하고 있는 사람은 누군가의 소중한 가족입니다.

악성 민원인을 많이 대하는 공공기관마다 벽에 붙여놓은 산업안전보건법 개정 안내문에 포함된 문구다. 내가 일하는 사무실 벽에도 비슷한 문구가 있다. 몇 년 전 어느 대기업 콜센터에서는 상담사도 누군가의 가족이니 소중히 여겨달라는 메시지를 상담사의 부모, 배우자, 자녀가 직접 녹음해 통화 연결음으로 사용했고 이 스토리를 영상으로 만들어 홍보했다. 영상에 나온 상담사는 통화 연결음 속 가족의 호소가 악성 민원을 완전히 사라지게 하지는 못했지만, 잠재적 악성 민원 고객을 한 번쯤 자제하게 만드는 변화를 가져왔다며 만족했다. 대기업 사회공헌 부서에서 추진한 일시적 이벤트였지만 인터뷰한 상담사의 말대로 아주 의미가 없는 일은 아니었다. 상담사에게 폭언을 퍼부을 작정을 하고 전화한 고객이라도 통화 연결을 기다리는 동안 상담사의 가족이 그들의 자녀이자 배우자, 엄마 아빠인 상담사를 배려해 주십사 절실히 호소하는 목소리를 들으면 마음을 조금 가라앉히게 되지 않을까. 자신의 가족을 소중히 여기는 마음과 남의 가족도 소중하다는 걸 깨닫는 마음의 거리는 멀리 떨어져 있지 않다는 게 저 이벤트가 전하고자 하는 메시지다.

한편으로는 성인 노동자가 자신의 일터에서 부당한 폭력을 겪지 않기 위해 가족의 호소까지 동원해야 한다는 사실이 씁쓸하다. 산업안전보건법 개정 직후에는 법 조항에 따라 상담사 보호조치가 시행되고 있으며 폭언이나 성희롱 시에 관련 법령에 따라 처벌받을 수 있다는 주의 문구가 통화 연결음으로 많이 쓰였다. 기분 나빠하는 고객들의 항의 때문인지 콜센터에서 스스로 느낀 부담 때문인지 요즘은 톤을 조금 부드럽게 낮춘 문구로 바뀌었지만 말이다. 실제로 콜센터 상담사가 겪는 폭언이나 성희롱이 감정노동자와 고객 사이가 아니라 바깥세상의 평범한 시민들 사이에서 발생한다면 가해자는 법적인 처벌이나 강한 도덕적 비난을 받을 가능성이 높다. 명백한 폭력의 피해자가 가해자를 향해, 자신이 누군가에겐 소중한 가족이니 모욕을 멈춰달라며 낮은 자세로 호소해야 하는 걸까. 고육지책이라는 걸 충분히 이해하지만 가족이라는 낡은 해법에 기대지 않고 우리가 서로 좀 더 존중하고 존중받기란 힘든 걸까.

식모도 가족이다 — 자존심 꺾지 말고 타이르고 보살피자

1960년 1월 13일 조선일보에 난 기사의 제목이다. 귀중품을 훔쳤다는 의심을 받은 식모를 감금해 밥을 굶기고 구타하다가 당시 사회 문제가 된 사건이었다. 이후 세월이 흐르며 식모의 자리엔 공장 여공이 들어가고, 편의점 아르바이트 청소년과 아파트 경비원, 외국인 이주 노동자도 들어가게 된다. 이젠 콜센터 상담사를 포함한 감정노동자가 주어의 자리에 있다. 사회적 약자를 향한 온정적 시선을 담은 기사에는 거의 빠지지 않고 '가족을 대하듯 하는 따뜻한 마음'이 강조되지만, 약자의 편에 선 듯 보이는 이런 시선에서조차 여전히 직업의 귀하고 천함을 따지던 시절의 편견이 들어있다는 생각을 지울 수 없다.

세월이 흘러 세상이 변했으니 지금으로부터 무려 60여 년
전의 기사 제목만큼 노골적으로 편견을 드러내지는 않는다.
하지만 여전히 어떤 노동자들을 향해서는 낮은 신분이라는 걸
전제한 채로 동정과 연민을 보내는 느낌이다. 어떤 직업이 일단
낮은 신분이라는 정체성으로 규정되고 나면 그 정체성으로
살아가는 이들은 타인을 대할 때 움츠러들고 만다. 바짝 자세를
낮추고 비위를 맞추며 주인의 관대한 처분을 기다리는 태도.
콜센터 상담사들이 고객과 통화할 때 거의 본능에 가깝게
취하는 태도다. 콜센터의 현실을 그리는 탐사 보도에서 상담사는
언제나 최악의 노동환경에 갇혀 옴짝달싹 못하고 매일 한숨만
쉬는 불쌍한 모습으로 그려진다. 보도 목적이 대개 열악한
콜센터 노동환경을 폭로하고 개선하는 데에 맞춰져있으니
그런 방향성을 띠는 것이겠지만 현실 속 콜센터 상담사의
일터는 그보다 다양하고 복잡하며 상담사들은 그렇게 안타깝고
불쌍하게만 살지 않는다. 한국 사회 노동의 많은 부당함과
부조리가 모인 장이지만 직접 부딪혀 상황을 타개할 여지도,
숨 쉴만한 틈도 존재한다. 이직도 많고 고용 구조가 간접적이라
하나의 목소리를 낼 만큼 조직화되어있지 못하지만, 밟으면
찍소리도 내며 항의하고 싸워 권리를 찾기도 한다.

일터에서의 사회적 약자는 자신의 권리를 찾지 못한
노동자이지, 연민과 동정을 받아야 할 불쌍한 사람들이 아니다.

상담 대기 통화 연결음으로 쓰기에도 인정(人情)에 호소하는
상담사 가족의 목소리 버전보다 폭언과 성희롱 시 법령에
따른 처벌을 분명하고 단호하게 알려주는 버전이 나아 보인다.
상담사가 누군가의 가족임을 잊지 말아달라며 사정하는
것보다는 내가 당신을 한 인간으로 존중하듯, 당신도 나를 동등한
인간으로 대하라는 상호 존중의 요구가 필요하기에.

숨소리에도 매겨진 점수

오랜만에 방 청소를 하다가 책상 밑 한구석에서 먼지 쌓인
박스를 발견했다. 박스 안엔 콜센터 상담사 시절의 콜 상담 품질
평가표가 들어있다. 매월 콜 평가를 하고 받은 일종의 성적표다.
뒤적여보니 대부분 만점이고, 나머지도 만점에서 몇 점 모자란
수준이다. 금융권이나 통신사처럼 상담 매뉴얼이 꼼꼼하게
갖춰진 규모 있는 콜센터에 다닌 적이 있다면 '문의파악'이나
'재질의', '호응어'나 '필수안내사항' 같은 단어만 들어도 잊고
있던 스트레스가 스멀스멀 떠오를지도 모른다. 현직 상담사라면
더 질색할 테고. 사고예방부서로 옮겨온 뒤 잊고 있었는데 평가표
항목을 다시 읽다 보니 나도 콜을 받던 매 순간 긴장감으로
곤두서던 기억이 생생하다. 콜센터 상담사의 노동이 어떤 관리와
통제 속에 이루어지는지 알 수 있는 사례 같아 대략 소개한다.

　1. 상냥하고 성의 있는 첫 인사를 했나?
콜센터 상담사를 소재로 삼는 코미디에서는 종종 말꼬리를
과장되게 올리는 상담사의 어조를 희화화한다. 실제로
그렇게 첫 인사를 하면 무성의한 말투로 평가받아 감점처리
될 거다. 나도 한 평가표에서 너무 평범한 톤으로 최초
인사를 했다는 지적을 받았다. 첫 인사부터 고객을 진심으로

환영하는 느낌을 담아야 한다.

2. 정확히 문의를 파악하고 나서 재진술을 했나?
재진술은 고객의 문의를 반복해 말하며 확인하는 것으로
군대의 복명복창을 떠올리면 된다.

3. 고객의 상황에 맞게 음성을 연출했나?
첫 인사 때 잡은 상냥하고 밝은 톤을 무턱대고 유지하면
안 되고, 고객의 상황에 맞게 톤을 조절해야 한다. 카드를
잃어버리고 연락한 고객에게 안타까워하는 음성으로 잘
응대했다는 칭찬 메모를 발견한다.

4. 대화와 대화 사이 적당한 간격을 유지하고, 경청하는
태도를 보였나?
고객과 말이 겹치면 바로 사과해야 한다. 너무 응대가 느려
상담 흐름이 끊겨도 안 되지만 고객이 두서없이 말한다고
함부로 말을 끊는 건 절대 안 된다. 아주 적절한 시점에
자연스럽게 끼어들어 상담의 주도권을 찾아와야 한다.

5. 상황에 맞는 양해, 감사, 배려의 인사를 구사했나?
고객을 대기하게 할 때 "잠시만 기다려주시겠습니까?"
하고 양해를 구하는 말을, 다시 통화할 때 "기다려주셔서

감사합니다." 하고 감사를 표하는 말을 꼭 해야 한다.
콜센터에 전화해 업무에 능숙하지 않은 신입 상담사를
만나면 양해와 감사의 말을 번갈아 끝없이 듣게 되는 이유다.

6. 필수안내사항을 빠짐없이 고지했는가?

상담 항목마다 필수안내사항이 있다. 어떤 사전 안내가 없어
피해를 입었다는 고객의 민원이 생길 때마다 필수안내사항
목록은 점점 길어졌다. 상담사들은 고객이 잘 듣지도 않는
필수안내사항을 거의 기도문 읽는 식으로 빠르게 읊는다.
하나라도 빼먹으면 감점당하기 때문이다. 요즘 어느 카드사
콜센터에 전화해 보니 너무 길어진 필수안내사항을 문자로
보내주도록 개선되었다.

실제 콜 평가표의 항목은 이보다도 더 세분화되어 있다.
상담사가 콜을 받는 동안 하는 모든 말을 토씨 하나까지
평가한다. 심지어 대화 사이의 간격, 상담사가 하는 말의 속도,
말과 말 사이 여백과 리듬, 때로는 작게 들린 한숨 소리까지 평가
대상이다. 무작위로 뽑은 콜을 평가 대상으로 하기에 어떤 콜로
지적당할지 몰라 모든 통화에 신경을 곤두세운 채 집중해야 한다.
고객에게 호응하는 한 마디를 놓쳤다가 점수가 깎이고, 고객의
무리한 요구가 답답해 내쉰 한숨 한 번으로 인센티브가 날아간다.
상담사들은 정확한 업무 능력과 친절한 태도를 상담 내내

요구받다가 전화를 끊는 순간 일 초의 여백도 없이 들어오는
다음 콜을 소화해야 한다.

　　사회 온갖 영역에서 고객을 응대하는 노동자들이 콜센터
상담사 못지않게 감정을 소모한다. 고객과 직접 얼굴을 맞대며
일하다 보면 감정이 훨씬 더 피폐해질 것 같다. 그런데 콜센터
상담사의 감정노동에는 좀 특별한 면이 있다. 백화점 직원이나
비행기 승무원 등 다른 감정노동 영역에서 만약 고객을 대하는
모습 전부를 감시카메라로 녹화하고, 무작위로 한 순간을 선택해
고객과의 대화 한 마디 한 마디―심지어 그 사이의 여백까지―의
적절함을 따지며 서비스 품질을 평가한다면?
　　놀랍게도 많은 콜센터 상담사 노동은 그런 방식으로
통제되고 관리된다. 녹취 프로그램엔 상담사의 모든 콜이
녹음되고 관리자는 상담사의 상담/후처리/휴식/상담대기
상태를 실시간으로 확인하며 메신저로, 때로는 고성도 질러가며
상담사를 관리한다. 상담 후처리란 통화 후 상담이력 쓰기처럼
남은 업무처리를 하는 상태이지만 통화가 계속 밀려오는
상황에선 그마저 게으름을 피우는 시간으로 의심받는다.

　　콜 평가표나 녹취 프로그램이 애초부터 상담사를
괴롭히려고 마련된 시스템은 아니다. 콜 평가표 속 지침은 초보
상담사가 상담 업무를 하며 겪는 시행착오 데이터를 연구해서

상담에 실질적인 도움이 되도록 공들여 만든 매뉴얼이다.

녹취 시스템은 고객의 부당한 민원이 있을 때 상담사를 보호하는 근거가 되기도 하고, 업무에 미숙한 상담사의 교육 자료로도 유용하게 쓰인다. 또한 상담사가 농땡이 부리지 않고 성실히 상담을 수행하도록 관리자가 독려하고 관리하는 것도 당연히 필요하다.

하지만 상담사의 감정노동 또한 '사람의 일'이라 기계처럼 쉼 없이 작동 가능하지 않다는 걸 간과하고 기계 부품 다루듯 하면 아무리 좋은 시스템도 관리나 통제의 도구가 되어 제 기능을 하지 못한다(심지어 기계도 과부하가 걸리면 고장 난다). 결국 지친 상담사들의 조기 퇴사와 잦은 이직으로 콜센터는 언제나 업무 경험이 부족한 신입 상담사들이 다수여서 힘든 상황이 되고, 버티며 일하는 상담사들조차 콜센터 생활 내내 마음의 병을 앓는다.

친절함과 다정함

면접이 끝나 나를 배웅하던 담당 매니저가 환히 웃으며 콜센터에 딱 맞는 친절한 분을 찾은 것 같다고 했을 때 합격을 예감했다. 두 번째 콜센터로 이직하던 면접 때의 일이다. 문득 중학교 시절의 기억이 떠올랐다.

때는 제5공화국 전두환 집권기였고, 내가 다니던 학교는 군사문화의 잔재로 어린 학생들에게 거수경례를 가르쳤다. 구호는 거수경례와는 어울리지 않는 '친절'이었다. '친절'을 경례 구호로 삼은 이유는 짐작건대 단 하나뿐이다. 그해는 서울에서 아시안게임이 열리는 1986년이었다. 당시 국제공항 역할을 하던 김포공항에서 가장 가까운 곳에 있는 중학교 학생들에게 전 세계에서 몰려오는 낯선 손님을 대하는 친절한 마음을 체득하게 하려는 의도였을 거다. 우리는 체육시간마다 목이 터져라 "친절!"을 외치며 열심히 경례 연습을 했다. 아쉽지만 그해에도 2년 후 열린 올림픽 때에도 학교 근처에서 외국인 한 명 보지 못했고 애국 조회 때 교장 선생님에게만 친절을 맹세하며 중학 시절을 보냈다.

친절하다는 말에서 사람들이 떠올리는 그림은 엇비슷하다. 친한 이에게든 낯선 이에게든 먼저 호의로 대하고 따뜻하게 대해주는 태도. 하숙생에게 인심 좋은 친절한 주인 아줌마라든지, 혼자 사는 할머니 심부름도 해주는 친절한 우체부 아저씨라든지, 친절이란 그렇게 사람 사는 세상에 필요한 개인적 덕성 정도였다. 자본주의 시장에서의 경쟁, 특히 고객 만족을 목표로 벌이는 서비스 경쟁이 치열해지면서 이제 친절은 온·오프라인에서 고객을 응대하는 직업에 종사하는 노동자들이 필수적으로 갖추어야 할 업무 능력이 되었다.

자본주의 미소, 즉 훈련과 통제를 통해 만들어내야 하는 친절은, 감정노동 종사자들에게도 긴장을 요하는 고단한 과제이지만 고객에게도 늘 흔쾌히 받아들여지지는 않는다. 고객은 자신이 보기에 진정성 없는 친절이면 종종 거부감을 느낀다. 때로는 노골적으로 불쾌감을 드러내기도 한다. 상담사의 미소 뒤에 숨겨진 가식과 허위의 속마음을 지레짐작하고 확인하려 애쓰는 고객도 있다. '당신이 지금 계속 죄송하다고 말하고 있지만 속으로는 날 진상이라고 욕하고 있는 거 알아요.' 때로는 충고도 한다. '나에게 들키지 않도록 더 세련되고 정교하게 친절을 연출하세요.' 고객이 친절의 진정성을 의심할수록 상담사는 자신이 보인 친절이 속에서 우러나온 진심인지 가식인지에 대한 확신을 잃어간다.

보통 콜센터 상담석의 파티션 벽에는 거울이 붙어있다. 신입 상담사 시절 교육해 주던 강사는 비록 얼굴이 보이지 않는

상담이지만 거울을 보고 미소 짓는 연습을 한 뒤 고객을 대하면
자연스럽게 친절한 목소리가 나온다며 틈틈이 훈련하라고
권했다. 그땐 거짓 감정을 억지로 지어내게 한다는 반발심에
거울을 들여다본 적이 없다. 몇 년 후 거울이 우연히 눈에
들어왔을 때, 강사의 말이 생각나 상담 전에 미소 짓는 표정을
지어보았다. 미소 띤 표정을 유지한 채 상담하니 정말 목소리가
좀 친절하게 바뀌는 걸 보고 신기했다. 그 친절한 목소리에는
얼만큼의 진심이 들어있었을까. 정확한 답은 모르겠다. 아무튼
콜센터 상담사가 보이는 친절의 절반은 진심에서 나오고,
나머지는 교육과 경험을 통한 연습에서 나온다.

　　온라인 서점 사이트를 둘러보자니 문재인 전 대통령이
추천해 화제가 된 『다정한 것이 살아남는다』를 포함해
다정(多情)이라는 단어가 들어간 신간이 갑자기 많이 출판되었다는
느낌이다. 다정이라는 말의 어감이 각박한 요즘 세상의
독자들에게 매력을 주는 것 같다. 여러 책 제목 속의 다정을
친절로 바꿔보아도 영 어울리지 않는다. 친절과 다정은 비슷한
의미로 섞어 쓸 때도 많지만, 미묘하게 다른 어감을 준다.
친절은 기업들의 진부한 고객 만족 구호가 된 이래로 돈벌이
수단으로서의 때가 너무 많이 묻은 탓인지 이전만큼 온기가
느껴지지 않지만 다정하다는 표현에는 여전히 진심 어리고
따뜻한 감성이 느껴진다. 다정한 이의 마음속에는 친절한 태도나

행동 뒤에 숨어있다고 의심을 사는 위선이나 가식이 없을 것 같다. 어쩌면 다정함은 교육이나 연습으로 갈고닦아서 드러내는 친절과 달리 서툴 수는 있어도 거짓은 없는 진정성 그 자체다!

진정성 없는 친절에 질린 이들이 따스한 온기를 지닌 다정함을 갈구하는 현실이지만, 감정의 역사에서 선후를 따지자면 다정이 친절보다 훨씬 오래전부터 존재하지 않았을까? 굳이 먼 옛날 추운 겨울 서로의 체온에 의지하며 몸을 부비던 동굴 속의 풍경을 떠올리지 않아도 된다. 다정함은 연인이든, 친구든, 가족이든, 작은 마을공동체든, 울타리 안의 가까운 이들끼리 본능에서 우러나와 서로를 아껴주던 마음이었을 것이다. 작은 공동체가 커지면 서로에 대해 잘 알지 못하는 낯선 이들과 함께 커다란 공동체를 이루어 살게 된다. 익숙한 이들 간의 따스한 정으로 유지되던 공동체를 떠나 낯선 공동체로 들어가 이방인으로 새로운 삶을 살아야 하는 이들도 많아진다. 이제 서로가 서로에게 낯선 타인들인 거대한 사회에서 다정함만으로 협력과 경쟁의 룰을 유지하기란 어렵다.

드라마 〈우리들의 블루스〉의 무대인 제주도 해녀 사회는 다정함이 넘치는 공간이다. 서로의 마음을 이해하지 못하면 바닷속 생존을 장담하지 못하는 엄혹한 환경에서 해녀들은 끈끈한 우정으로 공동체를 유지해오고 있다. 그 사회에 젊은 해녀 영옥이 들어와 도시 출신다운 이기심과 영악함으로 질서에 위협을 가한다. 더 이상 해녀 공동체는 영옥에게 다정하지 않다. 하지만 영옥의 애틋한 사연과 가족애가 드러나자 해녀들은 영옥과 쌍둥이 언니 영희를 공동체의 따스한 품안에 받아들인다.

드라마에는 전개상 딱히 극적으로 중요하지도 않고, 단지 이야기의 공간을 이동시키기 위해 넣은 것 같지만 적어도 나에겐 인상적이었던 짧은 장면이 나온다. 발달장애를 가진 영희가 동생 영옥을 만나러 제주도를 오갈 때 비행기 승무원이 영희를 배려하며 챙기는 장면이다. 승무원은 예의 그 자본주의 미소를 지으며 묵묵히 직무를 수행한다. 몸이 불편한 승객을 챙기고 도우며 상대가 부담을 갖지 않도록 적절히 무심한 태도로 배려한다. 영희처럼 불리한 조건을 가진 이들이 넓고도 복잡한 현대의 삶을 살아가기에 가족, 친구처럼 가까운 이들의 다정한 보살핌만으로는 충분하지 않다. 한 번 스쳐가는 인연일 뿐인 승무원이 보여준 친절, 그 무심한 듯 평범한 친절이 여기저기에 넘쳐나는 세상이 필요하다.

『다정한 것이 살아남는다』라는 책은 인간의 진화에 유리하게 작용한 다정함의 부산물로, 혐오와 잔인함의 역사를 함께 보여준다. 내부 구성원들끼리 주고받던 다정함에는 낯선 집단이나 타인에 대한 배타적 태도가 동전의 뒷면처럼 수반된다. 친절은 어쩌면 그 태도를 반성하고 타인을 품어주기로 한 마음이 아니었을까. 어린 학생들에게 거수경례를 시킨 건 군사정권 방식이었지만, 친절이란 구호엔 원래 군인들의 구호인 충성이나 멸공에 담긴 배타성과 공격성이 아닌 낯선 타인과의 우애를 지향하는 뜻이 들어있었다.

위선도 익숙해지고 나면 결국 선한 행동으로 물꼬를 트기 마련이다. 앞 글에서 비판적으로 서술한 콜센터 상담 매뉴얼에도 비슷한 의미가 담겨있다. 고객의 성별, 연령, 직업, 재산, 지성과 인격을 근거로 고객을 차별하는 일 따위는 허용되지 않는다. 콜센터 상담사가 성차별주의자나 인종주의자, 신분제 옹호론자라 해도 매뉴얼에 따라 누구에게나 같은 친절을 베풀 것을 요구받는다. 몸이 불편한 영희를 챙겨주었던 승무원의 차별 없는 친절은 좀더 상상력을 발휘해 확장한다면 자본주의와 시장의 불평등까지 뛰어넘을 수 있는 소중한 가치다. 우리 인간은 서로에 대해 더 평등하게 친절한 세상을 급진적으로 요구할 수도 있다.

위선과 가식의 가면을 쓰고 친절한 상담사로 지내다가 일이 끝나면 지친 채, 다정한 마음의 공간으로 돌아온다. 연인과의 긴 수다와 저녁식사, 산책, 따스한 포옹과 위로가 있는 세계. 다정한 마음을 나누다 보면 낯선 이들로 가득한 것 같았던 세상도 나에게 불친절한 것만은 아니었다는 걸 새삼 깨닫는다. 많은 이들이 나에게 먼저 친절을 베풀어주었고 그 덕에 여기까지 살아올 수 있었다. 인류애가 완전히 식어버리지 않은 것만으로도 다행이라 여기며 세상과 타인에 대해 적당한 온기를 지닌 사람으로 살아간다. 아직은 다정한 마음이 남은 덕이다. 우리 각자 다정의 불씨를 유지하지 않고 어떻게 세상이 친절로 가득해지길 바랄까.

4 장 .

세 상 의 어 둠 을 가 로 지 르 며

평생 모은 돈이 사라져 버렸어요

중년 고객은 말을 잇지 못하고 흐느꼈다. 고객의 돈이 흘러간 마지막 종착지를 찾아 잔액이 일부라도 인출되지 않았길 바라야 했다. 촌각을 다투는 계좌 정지부터 마치고 나서 다시 연락하기로 하고 통화를 종료했다. 피해 금액이 수천만 원에 이르는 보이스피싱 사고였기에 파트장까지 달려와 사고 상황을 확인하고 여러 다른 은행 콜센터로 연락해 계좌 지급정지를 요청하는 일을 도왔다. 고객의 돈은 A은행에서 B은행으로, 다시 C, D은행으로, 몇 갈래로 흩어졌다 모이기를 반복하며 옮겨지고 있었다.

야간 은행 상담 업무를 함께 담당하던 콜센터 시절의 일이다. 은행 야간 콜센터에서는 통장과 보안카드 분실신고, 수표 분실신고, 인터넷뱅킹과 스마트뱅킹 장애 상담, ATM기 관련 상담, 금융사기 접수를 주로 했다. 인터넷이나 스마트폰 다루는 걸 어려워하는 고객들에게 온라인 뱅킹 업무를 한 시간 내내 설명하는 일도, 꺼내는 것을 잊고 닫혀버린 ATM기 안의 카드나 돈을 당장 내놓으라는 고객들에게 처리 절차를 안내하는 일도 힘겨운 업무였다. 하지만 단 하나의 실수도 없도록 가장 긴장하고 집중해야 하는 업무는 금융사기 신고 접수였다. 고객이

피싱범에게 속거나 협박당해 스스로 이체를 했거나, 자신도 모르는 사이에 계좌에서 돈이 이체된 상황에서는 일분일초가 급했다. 다른 은행 상담사가 우리 콜센터로 연락해 금융사기 의심 계좌 지급정지를 해달라는 요청도 마찬가지로 신속하고 정확하게 처리해야 했다.

계좌 지급정지를 마친 다음, 피해 고객에게 연락해서 경찰서 신고를 하고 은행을 방문해 정식 사고 접수를 하는 절차를 안내했다. 평생 모은 자산을 잃은 충격에서 헤어나지 못한 고객을 다독이며 구체적인 피해 정황을 확인했다. 최신 보이스피싱 범죄 수법을 어느 정도 파악해두면 금융사기 피해 신고 시 빠르게 상황을 이해하고 처리하는 데에 도움이 된다. 고객은 검찰 수사관을 사칭한 보이스피싱에 걸려들었다. 가짜 검찰 수사관은 고객이 금융범죄에 연루된 피의자 상태라고 속였다. 결백을 호소하는 고객의 말을 믿어주는 척하며 계좌가 갑자기 압류될 수 있으니 혐의가 풀릴 때까지 예금을 국가에서 관리하는 안전 계좌로 옮기도록 도와주겠다고 했다. 고객은 모든 금융자산이 압류된다는 말에 겁이 나 순순히 지시를 따랐다. 택시를 타고 은행에 가서 정기예금까지 해지하고, 폰 뱅킹을 개설하고 보안카드도 발급해 가짜 수사관이 알려준 계좌로 모든 예금을 이체했다. 갑작스러운 정기예금 해지 요구를 수상하게 여긴 은행 직원이 고객에게 해지 사유를 몇 번이고 확인했지만,

급하게 전세보증금을 마련해야 하는 집안 사정 때문이라는
거짓말로 둘러댔다. 은행 직원 다수가 연루된 범죄 수사이니
어떤 직원에게도 수사 관련 사항을 말해서는 안 된다고 지시받은
상태였다. 보이스피싱이 일어나던 오후 내내 전화를 절대 끊지
못하도록 해서 가족이나 지인에게 연락해 의논하지도 못했다.
고객이 보이스피싱 범죄에 당했다는 사실을 깨달은 때는
하루종일 통화 중인 상태가 걱정된 딸이 저녁에 다시 걸어온
안부 전화를 받고 나서였다. 고객의 돈이 수많은 대포통장 계좌를
거쳐 최종 도착한 계좌에는 이미 잔액이 남아있지 않았다. 너무
많은 시간이 흘러버린 뒤였다.

흔히 보이스피싱이라고 뭉뚱그려 부르지만 금융사기
범죄 수법은 굉장히 다양하다. 가족이 유괴나 사고를 당했다고
연락해 돈을 요구하거나 검찰 등 공공기관을 사칭해 고객을
속이는 고전적인 보이스피싱부터 악성 앱으로 고객의 컴퓨터나
스마트폰을 감염시키고 가짜 은행 사이트로 유도해 알아낸
개인 금융정보로 무단 인출을 하는 파밍(Pharming), 가족이나
지인을 사칭하는 메시지로 개인정보나 직접 입금을 요구하는
메신저피싱, 대출 알선을 가장해 신용등급 상향, 대출 수수료,
보증금 등의 명목으로 돈을 입금하게 하는 대출사기 등 금융사기
피해 신고를 하는 고객들의 사례는 저마다 달랐다.

많은 금융사기 범죄는 바로 금융사기를 당하거나 자신도 모르게 연루될 수 있다는 고객의 불안감을 거꾸로 이용한다. 검찰이나 금융감독원을 사칭해 연락할 때는 고객이 정보 유출을 당해 범죄 피해를 입을 우려가 있다거나, 고객 계좌가 대포통장으로 이용되어 보이스피싱 피의자 혐의를 받고 있다고 속인다. 고객이 악성 앱을 깔도록 유도하는 문자메시지나 직접 금융정보를 입력하게 하는 가짜 은행 홈페이지에서도 금융사기 예방을 위해 보안 인증이나 보안 등급 상향이 필요하다는 안내 메시지를 띄운다.

대출 사기는 경제적 사정이 급한 고객의 처지를 이용한다. 이를테면 이런 방식이다. 고금리 대출을 저금리로 갈아탈 수 있게 해주겠다는 문자를 보고 연락한 고객에게 곧 대출 담당자가 연락을 할 거라며 원활한 상담을 위해 은행 앱 하나를 설치하도록 안내한다. 연락을 해온 대출 담당자는 좋은 조건으로 저금리 대출을 약속한다. 이내 기존 대출을 해준 금융회사 대출 담당 직원이라며 전화가 걸려온다. 직원은 방금 다른 대출을 알아봤는지 추궁하고 대출 계약 위반이라며 24시간 이내에 대출금을 갚을 것을 요구한다. 갚지 않으면 위약금을 두 배로 물어야 하며, 금융감독원 블랙리스트에 등재되어 앞으로 모든 금융거래에 불이익을 받을 거라고 경고한다. 당황한 고객은 기존 금융회사 콜센터 대표번호로도 전화하고, 금융감독원으로도 문의하고, 경찰서로도 상담해 본다. 어디에서든 금융회사 직원 말대로 계약 위반이 맞다는 답을 듣는다. 빨리 저금리 대출만 받으면 해결되는 문제라 여기고 우선 기존 대출을 갚기 위해 급히 카드론을 받아 기존 금융회사 직원이 알려준 계좌로 입금하고 나서 뭔가 이상하다고 느꼈을 때는 이미 사태가 끝난 후다. 신규 대출 담당자, 기존 대출 담당자, 금융회사 고객센터나 금감원 대표번호, 경찰서 112를 포함해 고객이 통화한 모든 상대는 대출사기범 일당이었다. 비밀은 고객이 문자를 보고 연락한 첫 통화에서 스마트폰에 설치한 가짜 은행 앱에 있었다. 어떤 번호를 눌러도 대출사기범들에게 연결되었던 것이다.

빛의 속도로 움직이는 고객의 돈을 좇아 급히 지급정지를 진행해도 ATM 곳곳에 대기하는 인출책들은 금융사기 피해자들의 돈이 최종 계좌로 들어오자마자 빠르게 돈을 꺼내 사라졌다. 아무것도 모르고 잠을 자고 있거나 먹통이 된 전화기를 들고 무슨 일인지 알아보려고 애쓰던 고객이 신고를 했을 때는 이미 골든타임이 지난 다음이기 일쑤였다. 늘 보이스피싱 범죄자들보다 한발 늦어 무기력하게 놓치기를 반복할 때마다 SF영화 〈마이너리티 리포트〉처럼 범죄가 일어나기 전에 범죄자를 찾아내는 시스템이 있었으면 좋겠다는 공상도 했다. 내가 은행 콜센터 업무를 하던 몇 해 전에 비하면 지금은 은행과 카드사의 대응도 강화되었다. 카드사 사고예방센터를 포함한 여러 금융사기 대응 부서에서 금융범죄 의심거래를 24시간 365일 상시적으로 모니터링한다. 시스템에서 이상이 감지되는 계좌 이체나 카드 승인은 일시적으로 거절되도록 하고, 시스템이 통과시켰더라도 의심스러운 거래는 모니터링 담당자의 판단으로 계좌나 카드를 우선 정지하고 고객에게 엄격하게 확인하는 절차를 거친다. SF영화 같은 초현실적인 방법은 아니지만 금융사기 범죄를 예측해 피해를 사전에 막거나 피해 규모를 줄이기 위한 사고 예방 노력은 금융범죄의 진화를 따라가며 계속되고 있다.

깊은 밤의 파수꾼

2019년 4월 어느 날 새벽, 강원도 고성군의 여러 편의점에서
한 카드가 짧은 간격으로 계속 결제되고 있다. 급히 머릿속으로
그림을 그리며 상황을 추정한다. 카드 이용자는 편의점 여러
곳을 거의 뛰어다니다시피 하며 급하게 결제하고 있다. 한 번에
결제하는 금액도 꽤 크다. 등록된 연락처로 통화를 시도하지만
전화를 받지 않는다. 이용자 확인을 해보려고 편의점으로도
연락을 해보지만 통화가 안 된다. 분실 사고 가능성이 꽤 높다.
추가 결제를 막기 위해 카드를 일시 정지한다. 밤새 사고 적발이
없었는데 겨우 하나 잡는구나. 카드 정지 문자를 보내고 다시
고객에게 몇 차례 전화를 건 끝에 다행히 연결되었는데, 아뿔싸,
고객 본인이 결제하고 있었단다. 본인 확인 뒤 카드 정지를
해제하며 분실 사고 위험이 있어 잠깐 이용 제한을 했다고
양해를 구한다. 상담사님도 밤늦게 고생한다는 인사와 함께
사정을 말해주는 고객은 소방관이다. 늦은 밤 소집 명령을 받고
멀리서 밤새 차를 달려와 산불 진압을 하느라 고생하고 있는
동료 대원들을 위해 간단한 먹을거리라도 사러 급히 편의점을
돌아다니는 중이었다. 뒤늦게 고객 직장 정보를 확인하니
강원도에서 아주 먼 남도 지방의 소방서 이름이 적혀있다.
마지막까지 몸조심해서 진화 작업하시라 인사를 전한 뒤

전화를 끊는다. 꼴랑 적발 실적 하나를 위해 분실 사고를 은근히 기대했던 마음이 부끄러워진다.

　　오랜 시간 일했던 콜센터를 떠나, FDS 사고예방센터로 옮겨오고도 또 여러 해가 흘렀다. 사고예방센터 모니터링 부서에서는 365일 24시간 교대 근무로 FDS 프로그램을 이용한 카드 부정사용 모니터링과 사고 상담을 한다. 이상거래탐지시스템(Fraud Detective System)을 뜻하는 FDS는 나이, 성별 등의 개인정보와 온라인/오프라인 결제 방식, 승인 금액, 시간, 업종, 이용 패턴 등의 결제 정보를 분석해 평소와 다른 이상거래를 실시간으로 탐지하는 시스템이다. 예를 들면 귀금속점처럼 구매 후 현금화가 쉬운 물품을 파는 곳에서 짧은 시간에 연속으로 사용되거나 여성 고객 카드가 갑자기 심야에 유흥업소에서 쓰이는 경우를 이상거래로 인식한다. 최근 잦은 보이스피싱 사고 유형인 20대 초반 젊은 고객의 고액 온라인 상품권 구매도 마찬가지로 사고 위험이 높은 이상거래다.

　　시스템의 이상거래 탐지에 걸려드는 승인 건 중 정상이용 건이 훨씬 많기 때문에 실제 사고를 찾기 위해서는 의심되는 건마다 고객과 통화를 해서 사고 여부를 확인해야 한다. 사고가 확실한 경우도 사고 사실을 알리고 이의제기나 보상접수 등 이후 처리 절차를 안내하기 위해 고객과 상담을 한다.

국내와 해외에서 일어나는 분실·도난 사고는 정상이용과 구별해서 사고 여부를 판단하기가 어렵다. 고객의 기존 사용 패턴을 꼼꼼히 살피고, 우직하게 전화를 많이 걸어보는 수밖에 없다. 국내 분실 사고의 경우엔 분실 이후의 이용 시도를 추적하고 112로 경찰 출동을 요청해 범인 검거에 성공하기도 한다.

　　해외 위변조 사고나 정보 유출로 인한 온라인 결제 사고는 확인 단계에서 어려움을 겪는다. 고객은 본인이 카드를 가지고 있는데 어떻게 카드가 해외에서 쓰일 수 있는지 좀처럼 믿지 못하고, 늦은 시간에 온 사고예방 부서의 확인 문자나 전화를 보이스피싱으로 의심하기 일쑤다. 위변조 사고는 보통 과거에 언젠가 해외에서 보안이 취약한 카드단말기로 결제를 했다가 카드가 복제된 경우 발생한다. 확인할 수 없는 경로로 비밀번호까지 유출되어 복제 카드로 현금이 인출되는 사고도 생긴다. 국내에서 쓰이던 카드가 짧은 시차를 두고 해외에서 쓰이는 경우 손쉽게 카드 복제로 인한 위변조 사고임을 알아내지만, 출국 중에 현지에서 위변조되어 그 지역에서 바로 사고가 발생하는 경우 정상사용과 구별이 쉽지 않아 기존 위변조 패턴과 결제 방식을 다양하게 고려하며 모니터링에 집중해야 한다.

　　이밖에도 카드 정보의 고유 패턴을 알아내어 무작위로 카드번호를 생성해 대량으로 결제를 시도하는 빈어택(BIN Attack)

사고, 고객이 꾸준히 사용하는 게임 앱이나 해외 직구 사이트 계정에서 유출된 정보로 일어나는 온라인 사고 등 다양한 부정사용 사고를 조사한다. 몇 년 전부터는 고객에게 엄청난 피해를 발생시키는 보이스피싱과 메신저피싱 등의 금융사기 추정 거래도 사전에 피해를 막거나 추가 피해를 줄이기 위해 FDS 모니터링 영역에 추가되었다.

　　카드사 콜센터에서 사고예방 모니터링 센터로 이직했을 때, 경찰서 민원실에 앉아 고객의 민원 전화에 시달리다가 수사 부서로 발령받은 드라마 속 초보 형사처럼 범죄자를 실시간으로 잡는 극적인 상황을 기대하며 약간 설레는 기분도 들었다. 직접 뛰어나가 범인을 잡지는 않아도 실제로 범죄를 막아내는 업무인 건 맞았다. 하지만 컴퓨터 앞에 앉아 밤새 모니터에 스크롤되어 올라가는 어마어마한 카드 사용 데이터에서 한시도 눈을 떼지 못하고 집중해야 하는 모니터링 업무는 짜릿하고 흥미진진하기보다는 지루함과 긴장을 동시에 겪는 스트레스 가득한 일이었다.

　　엄청난 카드 이용 데이터 속에 숨은 부정사용 사고를 찾아내는 모니터링 업무는 숙달되고 나면 오히려 긴장이 풀리기 쉽다. 사고가 주로 발생하는 패턴을 알게 되면 아무리 데이터가 많아도 그중에서 기존 사고의 유형을 능숙하게 찾아낸다. 대신에 어떤 특이한 유형은 사고이고 다른 익숙한 유형은 정상이라 그냥 넘겨도 된다는 선입견이 생겨버린다. 사고는 늘 예기치 않은 유형으로 발생하고, 기존 경험대로만 모니터링을 고수하다 보면 새로운 유형의 사고를 놓친다. 계속 새로운 사고 패턴을 찾아내고 동료들끼리 사고 정보를 공유해야 한다.

세상의 흐름이나 최신 뉴스에도 관심을 갖는 게 필요하다. 범죄자들이 당대의 유행이나 관심사를 범죄에 이용하기 때문이다. 최신 IT기기를 경품으로 주는 응모에 참여하라거나 유료 인공지능 대화서비스를 무료로 이용할 수 있다며 고객의 카드정보를 입력하게 해 무단으로 결제를 한다. 코로나로 인한 자영업자 피해 보상금을 준다고 금융정보를 훔쳐내고, 주식 투자로 진 피해를 코인으로 만회하게 해준다고 결제를 유도한다.

사고 규모가 커지는 것은 한순간이다. 최초 사용금액이 소액이었던 사고가 잠깐 모니터 화면을 주시하지 못한 몇 분 아니 몇 초 만에도 수백 수천만 원의 사고로 커질 수 있다. 사고가 확인되어도 조사를 거쳐 피해를 보상받으려면 긴 시간이 걸리고, 사고 유형이나 고객의 책임 정도에 따라 보상이 아예 불가능하거나 일부만 가능할 수도 있기에 사고 위험이 감지되면 피해가 커지기 전에 최대한 빨리 카드를 막아야 한다.

실시간 모니터링을 하는 중에도 짬을 내어 사고 승인 건과 사고 패턴을 단서로 삼아 같은 이용처에서 사용된 다른 사고 승인을 찾는다. 그렇게 찾아낸 사고를 단서로 계속 추가 사고를 추적하기를 반복한다. 단 한 건의 사고 확인에서 시작해 꼬리에

꼬리를 문 추적으로 시스템조차 발견하기 어렵게 꽁꽁 숨어있던 수십수백 건의 사고를 찾아내 추가 피해를 막는 데 성공하면, 오랜 잠복 끝에 범죄자 일당 검거에 성공한 형사의 짜릿함 비슷한 느낌이 들기도 한다.

온라인 사고가 밀려들어올 때는 하루 밤새 수십수백 건의 사고를 적발하지만, 몇 건밖에 못 잡는 날도 있다. 사고 적발이 곧 성과와 실적이 되는 업무라 밤새 모니터링을 하고 사고를 많이 찾지 못하면 일 안 하고 논 것 같아 마음이 편하지 않다. 우리가 열심히 일한 끝에 사고가 없거나 적었다면 그날 밤 세상은 카드 범죄 기준으로는 다소 평화로웠던 셈이다. 모니터링 업무는 어딘가에서 일어나는 사고를 찾고 막아내는 일이기도 하지만 세상의 평화와 고객의 안전을 확인하는 일이기도 하다. 건물 경비원이나 보안업체 직원, 방범 경찰관이 손전등을 밝히고 담당 구역을 밤새 순찰하며 세상이 무사히 돌아가고 있는지 확인하고, 곤란을 겪거나 위험에 빠진 사람에게 도움의 손길을 건네듯이.

새벽에 전화를 걸어 사고 확인을 해주면 어떤 고객들은 카드사가 24시간 운영되는 줄 몰랐다고 놀라워하며 감사를 표시한다. 나도 십여 년간 야간 상담과 모니터링 부서에서 일하지 않았다면 보통 사람들이 마음 놓고 편안한 잠자리에 들기 위해 얼마나 많은 사람들이 밤에 일해야 하는지 관심이 없었을 것이다. 매일 아침 출근해 깨끗한 사무실에서 근무하는 직원들은 그들이 출근하기 전 새벽부터 바쁘게 건물 곳곳을 청소하는 노동자의 존재를 잊기 쉽다. 나는 야간 근무를 하는 새벽마다 우리 책상 발밑까지 청소해 주는 청소 노동자분들에게 늘 감사 인사를 한다. 사람들은 삶에 문제가 생긴 다음에야 보이지 않는 곳에서 일하는 이들이 얼마나 소중한지를 실감하게 된다. 새벽에 일하는 건물에 보일러가 고장 났을 때에야 지하 보일러실에 밤새 대기 중인 직원이 있다는 걸 깨닫고, 자정에 자동으로 잠긴 ATM 부스에 갇혔을 때에야 몇 분만에 달려와 부스 문을 열어주는 보안업체 직원이 있다는 걸 알고 놀란다. 묵묵히 밤을 지키는 이들 덕분에 우리들 삶의 일상은 유지된다.

술이 웬수다

고객은 술집에 새벽 내내 붙잡혀있다고 혀가 꼬부라진 목소리로
한 시간째 하소연하는 중이다. 친구랑 접대부를 불러놓고 술을
마시다가 잠이 들었는데 함께 놀던 친구는 술값도 안 내고
도망가 버렸다. 친구를 욕하며 호기롭게 계산대에서 카드를
내밀었을 때는 한도 부족으로 술값을 치를 수 없다는 걸 알았다.
고객은 당장 카드 한도를 높이라고 윽박지르다 울먹이며
사정하기를 반복한다. 야간 콜센터 상담사에게는 신용 한도
상향 권한이 없다고 몇 번이고 안내하고 양해를 구했다. 도망친
친구는 전화기를 꺼놓았다. 가족 아무도 연락이 되지 않는다.
외상을 사정했지만 술집 주인은 누구라도 불러와 술값을 내지
않고는 한 발짝도 나가게 하지 않겠다며 문을 잠그고는 빨리
해결하지 않으면 경찰을 부른다고 겁주고 있다. 모두 나를
버렸어요. 고객은 슬픈 가락으로 한탄을 한다. 자기를 도와줄 수
있는 건 상담사님밖에 없다고 매달린다. 고객님 사정은
안타깝지만 제가 더 도와드릴 방법이 없어 죄송합니다. 할 수
있는 말은 이것뿐이다. 고객은 부족한 한도 만큼을 카드사에서
대신 승인하고 자기가 나중에 갚으면 안 되냐며 참신한
아이디어를 제시하더니, 급기야 상담사님이 개인 돈으로라도
입금해 주면 꼭 갚겠다는 읍소까지 한다. 고객님, 그건 좀······.

카드사 콜센터 야간 상담사로 일하는 스트레스의 절반은
술 때문이라 해도 좋다. 술에 취한 고객, 유흥주점 주인이나
직원과 시비 붙은 고객, 가족의 카드로 술 마시는 고객, 다 술이
웬수다.

　　만취해서 콜센터로 전화한 고객은 그 사이 무슨 용건으로
전화를 걸었는지도 잊고, 심지어 자신이 먼저 전화를 걸었다는
사실조차 까먹은 채 늦은 시각에 콜센터에서 왜 자기에게
전화를 했냐며 화를 낸다. 어떤 고객은 뜻을 알아들을 수 없는
외계인의 언어 같은 걸 웅얼웅얼 되풀이하기도 한다. 차라리 무슨
말인지 알아들을 수는 있는 욕설이 나을 정도다. 인간의 언어로
어렵사리 해석해 카드를 잃어버렸다는 걸 겨우 파악하고 나면,
분실 카드가 어떤 것인지 알아내는 데도 시간이 한참 걸린다.
비밀번호는커녕 자신의 생년월일, 휴대폰 번호, 어떤 개인정보도
기억해 내지 못해 본인확인 절차를 마칠 수 없으니 사고 내역이
있는지 확인해 주는 일까지 또 첩첩산중이다.

　　남편이 배우자 카드를 갖고 나가 유흥업소에서 마구
긁어댄다. 명의자인 아내가 열받아서 분실신고를 하면, 다른
유흥업소에서 또 결제하려다 거절당한 남편이 콜센터로
전화해 카드를 왜 정지했냐고 항의한다. 분실신고 여부는
물론이고 카드의 존재 유무도 개인정보라 명의자 본인에게만
안내가 가능하다. 배우자의 카드를 쓰고 있다면 배우자를

통해 확인하도록 에둘러 양해를 구한다. 남편은 ARS상에서 분실신고를 해제하고 카드를 또 긁기 시작한다. 아내는 콜센터로 전화해 분실신고를 했는데 왜 카드가 쓰이냐고 따진다. 나는 혹시 남편이 본인의 개인정보나 비밀번호 등을 알고 있는지, 본인의 카드 앱이나 홈페이지에 로그인할 수 있는지 묻는다. 만일 그렇다면 콜센터 상담사를 거치지 않고 ARS나 카드 앱, 홈페이지를 통해서도 분실신고 해제가 가능하다고 알려주자 아내는 한숨을 쉬고 다시 분실신고를 한다. 남편은 또 정지를 풀어 카드를 사용하고, 아내는 다시 전화해 막는 끝없는 게임을 밤새도록 반복한다.

배우자 연락처로 카드 승인 문자가 발송되도록 해놓은 걸 잊은 고객은 왜 배우자가 유흥업소 결제 내역을 알게 했느냐며 엉뚱하게 항의하고, 술자리에서 친구에게 호기롭게 한턱 쏘려다 한도나 연체 때문에 거절된 고객은 세상에서 가장 수치스러운 일을 겪은 양 분노를 폭발시킨다. 술 취한 고객들은 자신이 겪은 고난과 수모의 이유와 상관없이 분풀이를 상담사에게 한다. 정보 안내나 분실신고 정도 말고는 해줄 게 없는 콜센터 야간 상담사로서는 막무가내로 불가능한 요구를 해오는 고객에게 죄송합니다란 말만 반복하며 고객 스스로 지치기를 기다리는 수밖에 없다.

취객과의 상담 중 가장 상대하기 힘들면서도 자주 발생하는 사례는 유흥업소 술값이나 접대 서비스 요금을 둘러싼 시비와 다툼이다. 흔히 '야간 업소 분쟁'이라고 완곡하게 돌려 말한다.

전화를 건 고객은 다짜고짜 방금 결제된 승인을 취소해 달라고 요구한다. 업소에서 처음 약속한 금액과 다르게 결제가 되었다거나 서비스를 충분히 받지 못했다거나 잠든 사이에 종업원이 카드를 몰래 가져가 결제했다거나 위협을 당해 결제했으니 금액을 인정할 수 없다 등등 이유는 여러 가지다. 카드사는 고객의 요청만으로 카드 승인을 취소할 권한이 없다. 부당한 결제라면 가맹점주, 즉 유흥업소 사장이나 직원에게 취소나 재결제를 요구해야 한다. 요구가 받아들여지면 업소 사장이나 직원이 카드 단말기 상에서 취소를 진행하거나 별도의 승인 담당 부서로 연락해 전화 승인 취소를 진행하면 된다.

카드 결제 과정에서 폭력이나 협박을 겪었다거나, 요금 청구 과정에 불법이 있었다고 여긴다면 경찰 신고를 통해 법적인 도움을 얻어야 한다. 은행과 연계가 없는 전업 카드사의 경우엔 콜센터에서 분쟁 접수를 받아주긴 하지만, 전업 카드사조차도 고객의 요청으로 즉시 취소를 해줄 수는 없다. 몇 번이고 같은 설명을 해도 고객은 본인의 억울함만 강조하며 자기 카드를 자기가 취소하겠다는데 안 되는 게 말이 되냐고 고집을 부린다. 고객님이 슈퍼에서 물건을 사고 마음에 안 든다고 카드사로 전화해서 일방적으로 취소를 하실 수는 없잖습니까.

우격다짐으로 무조건 결제 취소를 요구하는 고객들에게
상담사들이 종종 사용하는 눈높이 설명이다.

　고객은 통화를 하다 말고 옆에 있는 업주와 다시 말다툼을
시작하기도 한다. 술집 주인이나 직원이 고객의 전화를 빼앗아
절대 결제 취소를 해주면 안 된다고 목소리를 높일 때도 있다.
가끔은 통화 중이던 상담사의 존재를 잊고 고객과 업주 사이에
험한 욕설이 오가다 몸싸움 하는 소리도 들린다. 그러면 술값
시비 과정에서 벌어진 끔찍한 사건 뉴스들이 떠올라 전화를 끊지
못한 채 걱정하며 기다리기도 한다.

　FDS 사고예방센터로 옮겨온 후 콜센터 상담에 비해 술 취한
고객에게 시달리는 빈도는 줄어들었다. 하지만 마찬가지로 늦은
밤이나 새벽에 고객에게 통화를 많이 시도해야 하는 업무다.
분실 사고나 위변조 사고 여부를 확인하기 위해 연락을 했다가
술에 취한 고객들을 만나면 다른 모니터링 업무에 크게 지장을 줄
정도로 오랜 시간 실랑이를 해야 한다. 이젠 주폭이라는 이름까지
얻은 취객들이 지구대나 병원 응급실, 편의점 등에서 난동을
부리며 폭력을 행사하는 모습이 뉴스에 나오면 남의 일 같지
않다. 전화기 너머 술 취한 고객의 언어폭력에 시달리는 상담도
감정을 많이 소모하고 진이 빠지는 일인데, 직접 취객을 앞에
두고 물리적 폭력의 위협까지 감당해야 하는 현장 야간 근무자의
몸과 마음은 얼마나 피폐할까.

얼굴 없는 범죄들

코로나 초기 많은 콜센터에서 집단 감염이 터지며 열악한
콜센터의 노동 환경이 다시 세상에 알려졌다. 연락이 뜸하던
친구들도 콜센터 감염 뉴스를 보고는 걱정하며 안부를 물었다.

　　나는 그때 이미 FDS 사고예방센터에서 야간 모니터링과
사고 상담을 하고 있었다. 야간 모니터링 부서는 원래 적은
인원으로 근무를 했고, 몸에 조금이라도 이상 증상이 있으면
바로 휴가를 내도록 회사에서 지침을 내려주었다. 환기도
잘 안 되는 사무실에서 수백 명의 상담사가 건강 상태까지
감춰가며 출근을 강요당하다 집단 감염의 온상이 되었던 다른
콜센터들보다는 사정이 나았다. 하지만 365일 24시간 적은 수의
근무자들이 교대 근무하는 부서이다 보니 누구라도 코로나에
걸리면 남은 근무자들이 엄청난 근무 강도를 감당해야 하고
내부에서 전염되어 동시에 결원이 여럿 생기면 부서 업무 전체가
마비될 상황이었기에 코로나 내내 초긴장 상태를 유지해야 했다.

　　코로나 초기에는 국내 분실사고가 감소했다. 사회적
거리두기 시행으로 야간 영업시간이 제한되고 사람들 사이
만남이나 모임이 줄어든 덕분이다. 해외 입출국이 엄격히
제한되어 출국하는 인원이 급감하자 해외 분실사고나 해외

정보유출 사고도 눈에 띄게 줄었다.

감염병 때문에 업무가 한가하던 나날은 오래가지 않았다. 사회 활동 상당수가 대면에서 비대면 방식으로 전환되었다. 식당이나 카페가 줄어든 매출을 올리기 위해 포장과 배달 영업 비중을 높이고 학교나 공공기관, 금융권도 온라인 업무를 강화한 것처럼, 부정사용 범죄도 비대면 시대에 맞춰 빠르게 적응해갔다. 카드 금융사기 범죄는 애초에 비대면 성격을 갖고 있었지만 사람들의 많은 일상이 비대면 속에서 이루어지고 온라인 카드 거래도 늘어나자 평범한 비대면의 일상 속에 범죄가 정체를 감추고 범위를 넓히기 더욱 쉬워졌다.

누구나 아는 대형 온라인 계정에 결제 수단으로 등록해 평소 아무 문제 없이 사용해오던 카드로 새벽에 수십 건에서 수백 건씩 연속 결제가 발생하는 사고가 급증했다. 해외 대형 소셜미디어나 쇼핑몰에서 상품 구입이나 광고 결제를 정기적으로 이용해오던 고객도 마찬가지 피해를 입었다.

피해 금액이나 규모가 이전과 차원이 달라졌다. 다양한 분석을 통해 FDS 시스템의 이상 감지 기능이 작동하면 결제 전 단계에서 승인을 거절시키기도 하지만, 사고는 대형 온라인 계정에서 이루어지는 엄청나게 많은 정상적인 결제 사이에 숨어서 발생하므로 백 퍼센트 사전에 예방하기란 불가능했다. 모니터링 부서 업무가 다시 바빠졌다. 사고로 추정되는 결제 유형을 발견하면 빠르게 카드를 정지하고, 사고가 발생한 사이트의 무수한 카드 결제를 뒤져 비슷한 사고 의심 유형 거래를 찾아내어 추가 피해를 막았다.

예전 콜센터에서 금융사기 신고를 받던 시절의 보이스피싱이나 파밍 등 금융사기 범죄는 주로 고객의 은행 계좌를 노렸다. 고객을 속여 예적금을 직접 이체하게 하거나, 스마트폰이나 컴퓨터에 악성 앱을 심어 알아낸 금융정보로 인터넷뱅킹 상에서 고객의 금융자산을 탈취했다. 은행 계좌를 노리는 금융사기도 여전히 극성을 부리지만 이전과 비교하면 범죄 자금을 세탁할 대포통장을 만들기도 까다로워졌고, 은행 창구 직원의 확인, ATM기 고액 인출이나 인터넷뱅킹의 이체 제한, 범죄 용도로 의심되는 계좌의 지급정지 등 은행 차원에서 범죄를 막고 피해를 줄일 방법이 많이 생겼다.

카드 발급은 신규 계좌 발급보다 쉽다. 굳이 카드 정보를 빼내 몰래 결제하지 않더라도 고객을 속일 수만 있다면 고객이 직접 카드 대출을 받고 결제하도록 하면 된다. 카드 이용자를 대상으로 한 새로운 보이스피싱 기법이다. 범죄가 비대면 세상에 적응한 결과다.

엄마, 나 이뿐 딸^^

어떤 피싱범은 고객의 사랑스러운 딸이 된다. 의도적으로

맞춤법까지 틀린 애교 섞인 문자 메시지를 보내온 가짜 딸은 휴대폰 액정이 깨졌다거나 고장 나서 통화가 안 된다는 구실로 자신을 대신해 온라인 상품권 구매를 부탁하거나, 카드번호와 비밀번호, 통장과 신분증 사본 등의 정보를 보내달라고 한다. 딸이 곤경에 처해있다는 걱정에 대리 구매를 해주고 금융정보를 보내 엄청난 피해를 입은 고객들은 자신과 편안한 말투로 일상 대화를 나눈 딸이 실은 피싱범이었다는 걸 나중에 알고 큰 충격을 받는다.

적지 않은 고객들이 사고 여부 확인을 위해 연락한 사고예방 부서 상담사보다 가짜 딸을 더 믿었다. 카드사에서 전화 오면 자녀가 옆에서 직접 결제하고 있다고 말해달라는 가짜 딸의 부탁에 따라 끝까지 거짓말을 해서 카드를 정지할 시간을 지체시켜 피해를 키웠다. 피해 사례가 언론에 보도된 지도 여러 해가 흘렀지만 딸을 사칭해 중년 여성 고객을 속이는 메신저피싱은 계속되고 있다.

현재 가장 많이 발생하는 보이스피싱 중 하나는 스무 살 전후 고객을 노린 검찰 사칭 피싱이다. 수 년째 많이 알려진 피싱 유형이지만, 여전히 피해를 당하는 고객의 수는 줄지 않는다. 피싱범들은 주로 학업에 바쁘고 직접 금융생활을 해본 적 없는, 십대를 막 지나온 스무 살 고객을 노린다. 성년이 되고 한두 해만 흘러도 검찰 사칭 피싱의 뉴스나 정보를 접해 속지 않을 수 있지만 막 사회에 진입한 세상 물정 모르는 젊은이들은 꼼짝없이 당해버리고 만다. 매해 스무 살이 되는 이들은 계속 생겨난다.

검찰 직원을 사칭한 피싱범은 고객이 금융사기 범죄에 연루되었다고 압박한다. 범죄 관련 정보를 누설하면 죄가 가중된다는 경고에 집안에 있는 가족에게도 알리지 못하고 자기 방에 틀어박혀 지시를 따른다. 갖가지 이유를 대고 온라인 상품권을 구매하도록 압박한 후 현금화할 수 있는 정보인 핀 번호를 보내게 한다. 조금만 따져봐도 검찰 직원이 하기엔 비상식적인 요구지만, 피해 고객은 범죄 혐의를 벗어야 한다는 두려움과 절박함으로 판단력이 흐려진 상태다. 뒤늦게야 부정사용 모니터링 부서 연락을 받았을 때는 대개 피싱범들이 이미 온라인 상품권을 현금화해버려 피해를 복구하기 어려운 상태다.

의심거래를 한 젊은 고객 중에는 단순한 피해자가 아닌 경우도 뒤섞여있어 사고 확인에 더 애를 먹는다. 미심쩍게 고액 온라인 상품권을 구매하는 고객에게 확인 전화를 하면 본인이 필요해서 정상결제하고 있다고 주장한다. 몇 번이나 속아넘어간 후에야 이들이 정상적인 사용자도 피싱 피해자도 아니란 걸 알았다. 이들 중 누군가는 잘 몰라서, 누군가는 알면서도 피싱 범죄의 공범이 된 젊은이들이었다. 그들은 온라인 공간이나 메신저에서 상품권 대리 구매 제안을 받고 아르바이트를 하는 중이었다. 다른 금융사기 피해자가 속아 이들의 계좌에 입금한 돈으로 피싱범의 지시에 따라 온라인 상품권을 구매해서 범죄 자금 세탁을 돕고 있었다. 고객의 수상한 태도에 보이스피싱 대리 구매 시 법적인 처벌을 받을 수도 있다고 계속 추궁하면 당황해서 그냥 합법적인 아르바이트인 줄 알았다고 변명하곤 했다. 예전에 대포통장으로 하던 범죄 자금 세탁이 매체만 카드로 바뀐 것뿐이다. 그들은 보이스피싱 공범으로 처벌당했을 때 사회 생활이나 경제 생활이 얼마나 어려워질 수 있는지를 알지 못했다.

미래를 낙관적으로 예측하기 좋아하는 이들은 여전히 잘 입에 붙지 않는 비대면이란 단어를 코로나 시대 이후 새로운 삶의 방식으로 자주 언급한다. 코로나가 종식되었지만 이미 활짝 열린 비대면 세상은 이들의 예측대로 계속 커질 것이다. 그러나 그 미래가 무작정 낙관적인 모습만은 아닐 것 같다.

5장.

노동자, 혹은 좋은 이웃으로 살아남는 법

미용실에서

콜센터든 백화점이든 고객을 대하는 서비스 현장은 언제나
고객님 소리로 가득하다. 국립국어원의 설명에 따르면 고객이란
단어가 이미 상대를 높이는 말이라 고객님이라 부르는 건
부적절한 표현이다. 함께 일했던 한 동료는 고객과 상담하는 내내
모든 말끝에 고객님을 붙였다. 통화 끝날 때까지 고객님 소리를
몇 번 하는지 작정하고 세어본 적도 있다.

　"고객님, 주문하신 커피가 나오셨습니다."처럼, 상담사를
포함한 고객 응대 서비스 노동자의 사물 존칭 어법은 꽤 잘
알려져 있다. 사실 한국어를 모국어로 배운 사람이라면 일상적인
의사소통에서 애꿎은 사물에 높임말을 쓰는 실수를 하지 않을
가능성이 높다. 지나친 사물 존칭처럼, 국립국어원의 조언까지
거스르며 고객님, 고객님을 연발하는 부자연스러운 화법에도
이유는 있다. 서비스 노동자들이 고객의 심기를 거스르지
않기 위해 눈치껏 자신을 낮추고 고객을 높이다 보니 생기는
일이다. 콜센터에서는 주로 상담이 익숙하지 않은 신입 상담사가
겁먹고 긴장한 탓에 많이 사용하지만 적절한 화법을 익히지
못하면 경력을 쌓은 이후로도 입에 붙어 습관적으로 사용한다.

고객에게 '님'자를 아예 붙이지 않는 결기까지는 없어도 말끝마다 고객님을 붙이는 어색한 화법은 안 쓰려고 의식하는 나도, 강성 민원 고객을 상대하는 순간이 오면 고객님 소리가 자꾸만 나오고 만다. 바닥에 닿을 정도로 낮은 자세를 보이는 게, 고객의 불만과 분노를 누그러뜨리기에 꽤 효율적인 방법이란 걸 경험상 알고 있기 때문이다. 우스운 상황도 발생한다. 가끔 틀린 걸 지적하지 않고는 못 넘어가는 민원 고객은 지겨운 고객님 소리 좀 반복하지 말라고 훈계를 한다. 지지 않고 "고객님 소리를 자꾸 해서 죄송합니다, 고객님."하고 사과한다. 똑똑함을 과시하고 싶은 고객 앞에선 좀 부족해 보이는 것도 상대의 마음을 녹이는 현실적인 상황 타개책이다.

상담 현장을 가득 채우는 고객님 소리에 질려버린 나도 단골로 가는 동네 미용실에서는 언제나 고객님이 된다. 나를 고객님이라 부르는 분이니 사장님이라고 부르기로 하자. 단골 미용실 사장님은 머리하러 온 이들을 언제나 고객님이라 부른다. 대형 마트나 백화점, 은행, AS센터, 그리고 콜센터처럼 표준화된 고객 서비스를 하는 곳이라면 고객님이란 호칭을 쓰더라도 보통 작은 미용실 같은 데선 그냥 손님이라고 하지 않나? 처음엔 많이 낯설었다. 사장님이 고객 만족을 주제로 한 책을 읽거나 서비스 교육을 이수하고서 호칭부터 바꾸고 좀더 프로페셔널한 고객 응대를 해보려고 작정한 게 아닐까 짐작했다.

미용실 사장님의 진가는 너무 많이 반복하는 고객님 호칭이 아니라, 동네 물가에 비해 저렴한 가격을 유지하면서도 언제나 정성이 넘치고 꼼꼼한 이발 실력에서 나온다. 십 분만에 대충 이발을 끝내던 남성 컷 전문 프랜차이즈와는 다르게 시간에 구애받지 않고 중간중간 마음에 드는지 내게 물으며 머리카락 한 올 한 올 세심하게 깎아주었다. 사장님은 손님한테 말 걸기를 좋아했다. 나에게도 오랫동안 병중인 어머니 걱정을 털어놓고, 간만에 동창회 나갔다 코로나 걸린 고생담도 풀어놓았다. 미용실 의자에만 앉으면 유난히 숙맥이 되는 나는 말 없는 미소나 짧은 추임새로만 호응하며 주로 사장님 수다를 듣기만 했다.

어느 날 미용실 대기 소파에 앉아 앞서 온 중년 남자의 이발이 끝나길 기다리는 중이었다. 사장님은 구면인듯한 남자와 스스럼없이 농담을 나눴다. 갑자기 남자는 이따 좋은 데 데려갈 테니 둘이 점심이나 먹자고 했다. 이 말을 기점으로 화기애애했던 미용실 분위기는 조금씩 어색해져갔다. 사장님은 처음엔 농으로 여기고 농으로 대꾸하려다 남자의 요구가 진지하다는 걸 깨닫고는 아이가 학교에서 올 시간이라며 손님의 기분이 상하지 않도록 최대한 완곡하게 거절을 했다. 남자는 집요하게 같이 나가자고 강권했다. 난처해하며 거절하는 사장님의 말끝에서는 자꾸만 고객님 소리가 붙어 나왔다. 남자는 이발이 끝나고 나면 억지로 손이라도 붙잡아 끌고 나갈 기세였다. 사장님은 옆 가게

친구를 부를 테니 같이 가도 되냐고 수를 냈다. 마지막 수가
통했는지 남자는 실망한 기색을 감추지 않고 다음에 먹자며
미용실을 떠났다. 사장님은 그제야 안도의 한숨을 쉬었다.

둘 사이가 얼마나 친했는지는 모르겠다. 하지만 한두 번쯤
청했다가 거절의 뜻을 듣고 눈치껏 그만했으면 모를까 굉장히
무례하고, 좁은 공간에서 제3자인 나마저 없었다면 위협적으로
느껴질 만한 상황이었다. 사장님은 끝까지 정색하지도 않고,
이발을 멈추고 화를 내며 남자를 쫓아내지도 않았다. 좁은 동네
장사에서 이 정도 집적거림은 선을 넘지 않은 거라 여기고, 참
짓궂은 고객님이시네 하며 참아내야 한다고 생각했을까.

콜센터 상담사가 겪는 상황도 크게 다르지 않다. 다짜고짜
함부로 구는 고객을 대할 수단이 고객님을 연발하며 사정조로
자세를 낮추는 것 말고는 마땅히 없다. 욕설이나 성희롱 발언을
하지 않는다면 통화를 중단하지도 못한 채 고객이 무례한 태도를
누그러뜨리기를 기다려야 할 뿐이다.

산업안전보건법 상에 신설된 감정노동자 보호법의 적용을
받는다는 면에서는 오히려 콜센터 상담사의 처지가 미용실
사장님보다 나아 보인다. 해당 법은 감정노동자가 고객의
괴롭힘을 피할 권리와 고용주가 노동자를 괴롭힘으로부터
보호할 의무, 의무를 이행하지 않을 때 고용주를 처벌하는
조항만을 담고 있다. 미용실 사장님처럼 고용주가 곧 노동자인

1인 자영업자들은 고객의 괴롭힘으로부터 스스로를 보호해야만 한다. 우리나라의 1인 자영업 비율을 보면 법이 보호하지 못하는 큰 사각지대가 있는 셈이다.

　사장님은 고객의 괴롭힘을 당한 노동자가 업무를 중단하고 휴식을 갖도록 보호해야 할 사업주로서의 의무를 다하지 못하고 미용사의 위치로 돌아왔다. 오래 기다리게 해 미안하다며 나를 얼른 의자에 앉히고 머리를 깎기 시작했다. 평소와 달리 아무 수다도 떨지 않았다. 적당한 위로의 말을 찾지 못한 나는 평소보다 더 무겁게 침묵할 뿐이었다. 그 침묵이 휴식의 권리를 갖지 못한 미용 노동자가 마음을 진정시킬 시간이 되기엔 너무 부족했지만.

갑의 삶, 을의 삶

콜센터에서 함께 일했던 동료 상담사 석대 씨는 고객에게 한
욕설 때문에 징계를 받고 근무지를 옮겨야 했다.

　　콜센터 상담사는 언제나 고객에게 갑질 당하는 처지로
알려져 있기에, 얼마나 X같은 진상 고객을 만났기에 오죽하면
욕을 했을까 상담사의 편을 들고 싶기 마련이다. 하지만 진상
고객에게 힘든 일을 겪는 수많은 상담사가 있다면 멀쩡한 고객을
당황하게, 때로는 두렵고 힘들게 만드는 상담사들도 간혹 있다.
야간 콜센터에서 나는 업무능력과 상관없이 고객을 함부로
대하는 동료를 여럿 겪었다. 낮술을 잔뜩 마시고 출근해 취한
상태로 오락가락 음주 상담하는 동료도, 언제나 귀찮아하고
짜증을 내는 태도로 고객을 대하는 동료도, 욱하는 성질을
주체하지 못해서 툭하면 목소리를 높이며 고객과 싸우려 드는
동료도 있었다.

　　그중에서도 석대 씨는 유별난 편이었다. 그가 고객을
대하는 태도는 거의 갑질에 가까웠다. 옆자리에서 듣다 보면 늘
일정한 패턴이 있었다. 그는 굉장히 주도면밀하고 의도적으로
고객을 갖고 놀듯 대했다. 학원 강사 출신으로 머리도 잘
돌아가고 말발도 꽤 좋던 그는 초반에 고객의 성향을 빠르게

파악해 만만한 고객이다 판단하면 빈정거리고 조롱하거나
훈계조로 윽박지르고 비웃기도 했다. 그가 먹잇감으로 삼는
대상은 말귀 잘 못 알아듣는 노인이나 어린 학생, 한국말이
어눌한 외국인, 그의 표현을 빌자면 '띨띨하고 멍청한'
고객이었다. 그에게 놀림도 당하고 훈계도 들은 고객은
쩔쩔매다가 전화를 끊었다. 진상 짓을 성공적으로 마치고 나면
늘 득의양양한 미소를 지었다.

　　석대 씨는 고객이 항의하면 더 흥분해서 욕하기 직전까지
가는 고압적인 말투로 굴복시키려 했다. 가끔 공격이 통하지 않는
상대를 만나면 뒤늦게 태세 전환을 했지만 난데없이 험한 꼴을
당한 고객의 화는 풀리지 않았다. 관리자가 달려와 콜을 넘겨받고
오랜 시간 대신 사과하며 힘겹게 민원 처리를 하는 일이
반복되었다. 나중에 상담 녹음 내용을 재확인해도 고객을 탓하기
어려운 경우가 많았다. 관리자가 늘 아슬아슬하게 지켜보며
자제하라고 설득해도 상담 태도는 달라지지 않았다.

　　어느 날 평소 방식대로 하던 상담이 안 풀리자 욱해서 길길이
화를 내다가, 고객이 듣지 못하도록 음소거 버튼을 누르고 욕을
한다는 게 실수로 고객의 귀에 들어가 큰 사단이 나버렸다.
이전에 윗선에 보고된 바 있는 비슷한 민원 건들이 욕설 사건과
함께 문제가 되면서 인사위원회가 열렸다. 결국 회사가 담당하는
다른 콜센터로 징계성 전근을 가게 되었다.

새삼 옛 동료의 흉을 보려고 석대 씨의 이야기를 꺼낸 건 아니다. 그는 먹잇감으로 점찍은 고객에 대해서는 인간에 대한 예의를 저버리고 함부로 대했지만, 주변 동료들과는 무난하게 허물없이 지내는 편이었다. 퇴근한 아침에 술잔을 기울이다 문득 자신의 과거 얘기를 한 적이 있다. 유복한 집안 출신이었던 그는 친족 간의 분쟁에 뛰어들어 젊은 날의 귀중한 시간을 허비했다. 몇 년간 쏟아부은 노력이 실패로 끝나고 남은 건 세상에 대한 불신뿐이었다고 했다. 그는 이후 삶에 대한 흥미와 기대를 잃어버렸고, 동료들과 콜 수나 친절 평가로 양에 안 차는 실적 경쟁에 매달리느니 콜센터를 옮겨다니며 고객에게 마음껏 갑질을 하는 데서 희망 없고 지루한 삶의 긴장과 재미를 찾고 있었다. 약한 고객을 먹잇감으로 삼아 내리누르는 괴팍한 승리감을 맛보면서 말이다. 세상에서 갑의 자리를 찾지 못한 그는 사회의 지위와 신분 피라미드에서 을 중의 을이라 여겨지는 콜센터에 머물며 갑질을 하게 된 것이다.

어릴 적부터 힘을 이용해 누군가를 함부로 대하는 것에 거부감이 컸다. 남자들이 보통 갑질 폭력의 피해자와 가해자 노릇을 모두 하고 나오는 군대에서도 난 가해자가 되지 않기 위해 안간힘을 썼다. 평생 누구에게든 갑질을 하고 살 거란 생각은 하지 않았다. 착각을 깨달은 건 삼십 대에 영어학습지 회사에서 직장 생활을 할 때였다.

어느 아침 출근길에 한 방문 교사가 회사 건물 앞에서 피켓을 들고 일인 시위를 하고 있었다. 당시 학습지 회사들은 교사들이 정기적으로 학생의 집을 방문해 본사에서 만든 교재와 프로그램으로 학습 지도와 일정 관리를 하는 게 핵심 사업이었다. 학습지 교사는 현재도 그렇듯 노동자 지위를 온전히 인정받지 못해 근로기준법상 노동자로서 권리를 제대로 행사할 수 없는 특수고용직종 노동자다. 그때 서서히 특수고용직종 문제가 사회적 의제로 부각되고 있었다. 절대 본사 건물 앞 시위자에게 다가가 말을 걸거나 응원하거나 어떤 관심도 보이지 말라는 경고성 공지가 사내 인트라넷에 올라와 있었다. 연말이면 방문 교사들을 모아놓고 당신들이 열심히 일해준 덕분에 회사가 크게 성장했다며 일등공신으로 치켜세우던 오너의 연설과는 태도가 전혀 달랐다.

공지가 신경 쓰여서였을까 이후 회사 출근길에 시위자 쪽으로 관심의 눈길을 주는 것조차 부담스러워하는 내 자신이 초라했다. 직접 갑질을 하는 자리에 있지 않아 자각하지 못했을 뿐 나도 몇 년 동안 본사에 근무하는 정규직 갑의 자리에서 편하고 운 좋게 먹고 살았구나 하는 생각이 들었다.

뉴스로 알려지는 선정적인 갑질 사건들은 세상의 공분을 산다. 자신을 언제나 을로만 여기는 수많은 대중들은 대기업 오너 가족이나 백화점 명품샵 손님, 최고급 아파트 거주민 등 세상의 슈퍼 갑이 을에게 행하는 부당한 갑질에 분노한다. 하지만 갑질 문제는 극소수 슈퍼 갑과 절대 다수 을로 나뉘어 발생하지 않는다. 그렇게 단순하고 선명한 갑을 구도의 문제였다면 갑질은 벌써 오래전에 근절되었을 것이다. 억울하면 출세하라는 오래된 넋두리는 꼬우면 갑이 되라는 말과 다르지 않다. 이미 갑이 된 이들만이 아니라 열패감을 지닌 사회의 많은 을이 공유하는 생각이다. 자신을 갑질 당하는 피해자라고만 여기는 많은 이들은 종종 개인적 관계에서, 또는 자신이 속한 패거리의 일원으로 자신보다 약한 을에게 갑질을 한다.

　갑의 자리는 실제로 힘을 사용하는 것과 상관없이 갑질을 할 수 있는 잠재력을 지닌, 말하자면 위치에너지에 가깝다. 고용인과 피고용인의 관계에서, 회사 안의 서열 관계에서, 대기업과 납품업체, 프랜차이즈 본사와 가맹점 관계에서, 함께 일하는 정규직과 비정규직 노동자 관계에서, 고객과 감정노동자의 관계에서, 쓰디쓴 사회 경험을 한 사람들은 갑으로 사는 게 을로 사는 것보다 얼마나 편하고 좋은지를 안다. 갑으로 사는 데 윤리적 불편함이 있다 해도, 갑을 구도가 사라지기보다 자신이 권력의 남용을 자제하는 착하고 너그러운 갑이 되는 게 낫다.

　일단 을이 되면 부당함을 묵묵히 받아들이든가, 을 안에서 작은 갑이 되는 선택지 말고는 전망이 잘 보이지 않는다. 세상에 얼마 안 되는 슈퍼 갑 말고도 갑이 되고 싶은 을이 넘쳐나는 이유다. 힘없는 을 사이의 연대는 쉽지 않다. 이해관계도 제각각 다르고 서로에 대한 믿음조차 없는 상태라면, 자신의 여러 정체성 중에 갑의 정체성을 이용해 조금이라도 유리한 위치에 올라서는 게 당장의 삶에 도움이 된다. 세상에 갖게 된 피해의식을 콜센터에서 고객에게 복수하듯 해소하던 석대 씨나, 바깥 현실에서 강자에게 당한 응어리를 콜센터 상담사에게 갑질하는 것으로 푸는 서민 고객들처럼.

감정노동자 보호법이라고도 부르는 산업안전보건법 제41조 개정안이 시행된 지 3년쯤 지난 2021년, 정부는 콜센터 노동자를 대상으로 조사를 실시했다. 법 시행 후 고객의 갑질이 줄어들었는지 묻는 질문에 상담사 10명 중 7명꼴로 큰 차이를 못 느낀다고 응답했다. 크게 나아진 게 없는 설문 결과처럼 보이지만 10명 중 3명이 갑질이 어느 정도 줄어들었다고 응답한 것에 거꾸로 의미를 부여하고 싶다. 갑질이 너무나 쉽게 용인되어온 사회에서 고객의 인식과 실천이 바뀌는 변화는 쉽게 이루어지기 힘들다. 세상은 정체하고 때론 후퇴하는 것처럼 보인다. 하지만 갑질을 할 수 있는 위치에서도 함부로 힘 쓰기를 자제하는 이들, 을 사이의 연대를 도모하고 실천하는 이들, 적극적으로 연대하지 못해도 갑 워너비가 되려 하지 않고 자신이 선 자리에서 갑질의 반대에 마음을 보태는 이들이 있었기에 이 사회는 타인의 삶에 대한 책임을 나누며 연대하는 방향으로 조금씩 발전해 왔다.

세상을 나와 나 아닌 자의 싸움터라고 믿기보다 여전히 연대와 공존의 가능성이 남아있다고 믿는 이들이 늘어갈 때 우리 모두의 삶은 달라진다.

가늘고 길게

그럭저럭 살아가는 일에 익숙해지면 실제 발 딛고선 삶의
자리를 잊게 되나 보다. 한 고객의 비아냥이 내 위치를 실감하게
해주었다. 새벽 시간 콜센터에서 처리가 어려운 요구를 반복하던
고객은 도저히 말이 안 통한다며 한숨을 쉬더니 내 소속을
묻는다. 카드사 고객센터 야간 부서 상담사라고 답하자 "카드사
직원이라구요?" 하고 다시 묻는다. 별 생각 없이 그렇다고 하자,
대뜸 "카드사 직원 아니잖아요?" 하고 반문한다. 고객의 말뜻을
바로 파악하지 못해 잠깐 머뭇거리는데, 계속 물어온다. "콜센터
상담사들 다 도급 회사 소속인 거 알아요. 내가 그쪽 사정 다
꿰고 있는데, 어디 도급사 소속이에요?" "제 소속 회사는 카드사
본사와 긴밀한…" 아차, 시치미를 떼고 말을 돌렸어야 하는데
긴장을 놓고 있었다.

　"고객님께 세부 소속까지 말씀드리기는 어렵습니다."
　"힘들게 일하는 거 다 알아요. 어차피 도급사 상담사가 내
　　요구 처리할 권한 없잖아요? 시간 낭비하지 말고 권한 있는
　　윗선의 본사 직원 바꿔요. 직접 얘기할 테니까."
　"해당 사안은 상급자와 통화하셔도 다른 답을 듣긴
　　어렵습니다. 야간 상담 부서를 책임지는 현장 관리자와

통화를 원하시면…"

"현장 관리자는 본사 소속이에요? 도급사 소속이에요?"

　나는 상담 내용과 관련 없는 회사 내부 사안을 언급하는 건
적절치 않다는 말만 앵무새처럼 반복하다가 민원 통화를 겨우
끝냈다. 고객의 말대로, 콜센터 업무를 하던 시절에도 부정사용
모니터링 업무를 하는 현재도 나는 카드사와 도급 계약한
인력 관리회사에 고용된 상담사다. 외주나 하청에서 생겨나는
갑질 문제가 불거진 뒤에는 수평적 관계를 강조하기 위해
도급사보다는 협력사나 파트너사라고 부르는 편이다. 협력사의
입장에서 도급을 준 회사는 고객사다. 카드사뿐만 아니라
통신사나 홈쇼핑, 각종 공공기관 콜센터 등 고객 상담 서비스는
극소수 직고용을 제외하면 외주화되어있고, 실제 고객과
상담하는 상담사들은 협력사 소속이다. 협력사가 도급을 주는
고객사와 긴밀한 관계인 자회사나 계열사냐, 별도로 독립된 도급
전문 업체냐 정도 차이는 있다.

　<자격 요건>
　긍정적인 마인드 소유자
　콜센터 상담 경력자 우대, 초보 환영
　기본적인 오피스 프로그램 사용가능자
　장기 근속자 우대

구인 사이트에 올라있는 콜센터 상담사 업종 모집 공고의 자격 요건은 현재도 대략 이런 식으로, 내가 처음 일을 시작하던 십여 년 전과 별로 달라진 내용이 없다. 구체적으로 요구하는 스펙이 거의 없고 일자리를 찾는 누구나 일할 의지만 있다면 자격이 된다고 할 만큼 요건이 단출하다. 서류 전형을 통과하면 짧은 면접을 거쳐 바로 취업이 결정될 만큼 채용 절차도 간단하다. 잠깐 필요한 임시 인력은 아니므로 보통 기간제 아르바이트나 2년 미만의 단기 계약직이 아니라 계약 기간을 명시하지 않은, 협력사 소속 무기계약직으로 모집한다. 모집 공고에 나오는 정규직이라는 홍보 문구가 거짓은 아닌 셈이다.

부족한 스펙, 경력 단절, 나이 등으로 인해 취업이나 재취업에 어려움을 겪는 구직자에게는 지난날의 나처럼 도전해 볼 만한 일자리로 여겨진다. 면접에 합격해 근무를 시작하면 장기 근속자 우대, 정규직 보장이라는 구인 사이트 문구가 무색하게 콜센터 인원 구성이 장기 근무자 몇몇과 대다수 경력 짧은 상담사들로 이루어진 걸 알고 놀란다. 얼마 지나지 않아 함께 들어온 신입 동기들이 우르르 퇴사하는 모습을 본다.

감정노동자로서의 모습이 주로 부각되곤 하지만 상담사들을 힘들게 하는 건 악성 민원 고객이나 감정노동 그 자체만은 아니다. 또 다른 문제는 간접고용의 구조로 인해 크게 나아질 기미가 없는 노동 현실이다.

2014년 LG유플러스 고객센터 민원팀장으로 일했던 서른
살 청년 이문수 씨는 자신의 목숨과 맞바꾸어 현실을 세상에
알리고자 했다. 상담사들은 지나친 실적 경쟁 강요로 화장실
가는 일도 통제를 받고, 정시 퇴근이나 월차 휴가의 권리도
포기한다. 고객의 문의를 받아 처리하는 인바운드 상담에서조차
사기 판매에 가까운 영업을 요구받으며, 개인 실적이 모두에게
공개되고, 부진할 경우 관리자의 폭언과 모욕까지 감수해야 한다.
도급을 준 고객사가 상담사들의 처우나 복지 문제는 협력사의
몫으로 떠넘기고, 여러 협력사 간에 치열한 경쟁을 시키며
무리한 실적을 요구하고 압박하는 구조가 이 열악한 노동 현실의
근본적인 원인이라는 사실은 이미 많이 알려져 있다.

　　2023년 개봉해 큰 호응을 얻은 영화 〈다음 소희〉는 이문수
팀장과 같은 센터에서 일한 특성화고 현장실습생 홍수연 양의
이야기를 모티브로 한다. 어린 나이에 회사로부터 제대로
보호받지 못하고 감정노동과 업무 스트레스에 시달리던 그는
2017년 1월, 역시 안타까운 자살로 생을 마감했다. 영화가
개봉한 지금의 현실은 얼마나 달라졌을까.

　　나 자신은 많은 콜센터 상담사들이 증언하는 끔찍한
노동현실에서 한발 비켜서있었다고 생각한다. 처음 상담을
시작한 카드사 콜센터에서 인력이 모자라다는 이유로 2년 여의
근무 기간 동안 거의 휴가를 내지 못하고 일해야 했고, 고객 정보

유출 우려를 이유로 출근과 함께 휴대폰을 제출해야 했으며, 잠 잘 공간이 마련되지 않아 제대로 된 휴식을 보장받지 못했던 경험 정도가 힘들었던 기억으로 남아있다.

남자 성별에 한정해 야간 상담사를 뽑다 보니 주간 부서와는 달리 구직자가 몰리지 않았다. 여러 가지 이유로 남자 구직자에게 콜센터 상담사는 그다지 인기 있는 직종이 아니었다. 늘 구인의 어려움에 시달리는 탓이었을까 상담사 개개인에게 노골적으로 무리한 실적 요구나 압박을 하지는 않았다. 콜이 몰리는 시간에는 흡연이나 화장실 이동을 조금 자제하라거나 고객이 아무리 진상이어도 맞대응해서 거칠게 응대하지 말라는 요청을 하는 정도였다. 야간 상담사 대부분이 사회 생활에 닳고 닳은 아저씨들이어서인지, 윗선에서 내린 요구가 무리하다 싶으면 한 귀로 흘려버리기도 하고, 관리자에게 반박해서 조정을 요구하기도 했다. 현재 일하는 부정사용 모니터링 부서에서도 꽤 오래 같이 일해온 관리자와 동료들 모두가 힘든 전쟁을 함께 겪는 동지 의식 같은 걸 공유하며, 서로 어려운 사정을 알고 배려하며 일하는 분위기다.

영화 속 소희보다 운 좋은 일터를 만나서였을까, 부당하다고 느껴도 그냥 포기하고 받아들이게 된 현실 수용 자세 때문이었을까. 힘겨워도 제법 무난하게 헤쳐온 콜센터 시절, 가장 힘든 현실적 문제는 해가 지나도 제자리인 임금이었다. 철저한 직무급제로서 상담노동이라는 업무의 가치는 이미

정해져있었고, 최저임금을 약간 초과하는 수준에서 야간
수당을 더해 임금이 결정되었다. 관리자와 상담사로 단순하게
구성된 부서에서 올라갈 직급도 없고, 업무 숙련도를 평가해
임금을 꾸준히 조정하지도 않았다. 콜센터마다 약간씩 달랐지만
조기 퇴사를 막기 위해 2년차까지 약간의 근속수당을 주는 게
전부였다. 오르지 않는 임금은 물가상승을 감안한다면 현상
유지가 아니라 점점 실질임금이 깎이고 있다는 의미였다. 다들
임금에 대한 소망은 소박했다. 감히 '진짜 정규직'처럼 호봉제,
연말 상여나 보너스, 대단한 복지 혜택을 바라는 게 아니라 그저
상승하는 물가 상승분만큼이라도 임금에 반영이 되었으면 하는
바람이었다. 그 소박한 바람조차 이룰 방법이 없었다. 일터에서
마주하는 관리자에게 볼멘소리를 하는 게 전부였다. 관리자는
한숨을 쉬며 윗선에 건의를 해보지만 도급 비용이 그대로라 어쩔
수 없다는 대답을 듣는다고 했다. 역시 고객사와 파트너사라는
아름다운 이름으로 포장된 원청–도급의 구조 문제에서
벗어나있지 않았다.

　　내가 떠나고 얼마 후, 재직했던 콜센터의 상담사 임금이
꽤 많이 올랐다는 소식을 들었다. 비록 내가 혜택을 받지는
못했지만 기쁜 일이었다. 갑자기 임금이 오른 비밀은 최저임금
인상에 있었다. 각종 수당이 본봉으로 합쳐지고 인센티브가
거의 줄어드는 등 온갖 실질임금 상승 억제 수단이 동원된

다음이었지만, 결국 법이 규정한 최저임금 상승은 아래서부터 임금을 밀어올린 것이다. 그러나 최저임금은 무슨 일을 하든 최소한 이 정도는 줘야 한다는 일종의 하한선이니, 다수 노동자들이 최저임금 상승폭에만 촉각을 곤두세우는 사회가 노동의 가치를 제대로 대접하는 사회가 아닌 것은 분명하다.

앞으로 기업과 노동계, 정부가 정규직/비정규직 문제에 대해 애매한 선에서 타협점을 찾는다면 기업이 최대한 많은 업무를 외주 주는 도급 노동은 개인사업자의 탈을 쓴 특수고용직 노동과 함께 점점 늘어갈 것 같다. 기업의 이익은 키우고, 현재 정규직 노동자들의 입지도 당장엔 건드리지 않으며, 정부로서도 통계상 비정규직 수를 줄이고 실업률을 낮추는 성과를 내세울 수 있기 때문이다. 자본 없이 노동 시간과 강도를 크게 늘려서, 즉 몸을 갈아 넣어 한몫 잡으려는 이들은 택배 기사나 음식 배달 서비스처럼 특수고용직 노동에 뛰어들고, 욕망을 줄여 가늘고 길게 삶을 유지하려는 이들은 최저임금 언저리의 삶을 받아들이고 고용 안정에 만족하는 도급 노동자로 살아가기를 택하지 않을까. 배달 노동자와 도급 회사 노동자로 가득한 세상.

한편, 도급 노동자가 되기를 선택한다면 고용 안정을 얻어 근근이 살아가는 일이 가능할까. 경향신문 2021년 9월 21일자 기사는 콜센터 노동자의 통상 근속기간이 6개월 정도에 불과하고 전체 콜센터 노동자의 89%가 근속 1년 미만 노동자라는 연구

결과를 인용한다. 전국에 크고 작은 콜센터가 복잡하게 난립한 상태에서 전체 콜센터 상담사 수도 정확히 파악하지 못한 채 조사한 통계라 실제 평균 근속기간은 더 짧을 가능성이 높다. 외주 방식의 도급 노동에 종사하며 승진이나 임금을 포기한 대가로 바라는 고용 안정성조차 현실에서 구현되지 않는 허상임을 통계는 보여준다.

부족하더라도 매월 꼬박꼬박 들어오는 월급과 4대 보험, 그리고 퇴직연금 가입이 보장된 일자리가 절실했기에 십여 년을 쉬지 않고 도급 노동자로 일해온 나는 가늘고 길게 사는 데 성공했다고 할 수 있을까. 지금 소개하려는 열두 명의 해고 노동자 이야기는 아무리 장기 근속을 한다 해도 도급 노동자로서 가늘고 길게 사는 꿈은 어느 날 한순간에 깨질 수 있다는 걸 보여준다.

유베이스라는 한 대형 도급업체 소속의 상담사로 살아온 '콜센타 그언니'(유베이스 노조 수원지회의 인스타그램 이름이기도 하다)는 노조 사무장인 5년 차 상담사가 막내로 불릴 만큼 20년에서 30년 동안 상담 현장에서 잔뼈가 굵은 베테랑 상담사들로 수두룩하다. 상담사들은 직장 폐쇄를 반대하고 원거리로의 전환 배치를 거부했다는 이유로 해고를 당하고 2년 가까이 복직 투쟁을 하고 있다. 회사에서 처음 통보한 직장 폐쇄를 노조 결성에 이은 단체 협약으로 막아낸 지 3년 가까이 흘렀을 때 회사는 다시 직장 폐쇄를 통보했다. 노조에 가입한 상담사들이 회사와 협의를 할 때 내건 딱 한 가지 요구는 일하던 지역에서 그대로 일하게만 해달라는 거였다고 한다. 그들의 소속은 30년 동안 본사 정규직에서 자회사로, 도급 계약을 맺은 협력사로, 또 다른 협력사로 계속 바뀌며 점점 임금과 복지 수준이 하락해왔다. 모든 것을 감수하며 오랜 세월 회사를 그만두지 않았던 것은 집에서 멀지 않은 회사를 다니며 가족을 챙길 수 있다는 유일한 이점 때문이었다. 어쩌면 가늘고 긴 삶을 위해 필요한 최소한의 조건이었을 뿐이다.

열두 상담사들의 사연은 평범하지 않다. 회사에서 위로금조로 제시한 월급의 600% 제안을 거부하다가 끝내 해고되었다. 많은 회사들이 노동자를 합법적으로 해고하기 위한 방편으로 원거리 전환배치를 쓴다. 상담사들의 싸움이 승리한다면 그런 관행에도 얼마간의 제동이 걸릴 것이다. 물론 이들의 삶도 노동도 그 자체가 목적이기에 '콜센타 그언니' 상담사들이 어떤 선택을 하든 지금까지 가늘고 긴 삶을 위해 힘겨운 싸움을 해준 것만으로도 감사할 따름이다. 부당해고 소송에서 부디 승리하기를 빈다.

살아남은 상담사의 슬픔

앞선 글에서 난 콜센터에서 일하는 동안 운 좋게도 무리한 실적 압박이 없었고 동료들 사이 경쟁도 심하지 않았다고 했다. 함께 일한 동료들도 같은 생각이었을까? 그렇다면 왜 그들 중 많은 이들이, 누구보다도 성실하게 일했던 이들마저 오래 다니지 않고 콜센터를 그만두었을까. 당시 콜센터를 운 좋았던 시절로 회상하는 건 나만의 착각이 아닐까.

근무했던 야간 콜센터에서 공개적인 망신주기식 실적 압박이 없었던 건 사실이다. 이왕 고생하는데 인센티브에 욕심이 나면 알아서 열심히 하라는 정도였다. 관리자가 함부로 상담사를 무시하거나 모욕하는 언행을 하지도 않았다. 실적이나 인센티브를 통보할 때도 공개적인 자리에서가 아니라 개별 상담으로 알려주는 배려를 했다. 콜센터에서의 실적 경쟁에 대해 불평을 하던 나는 언제나 가져갈 수 있는 인센티브를 최대한 다 받아가는 편이었다. 콜센터마다 인센티브 체계는 약간씩 달랐지만, 가장 오래 일했던 콜센터에서 당시 인센티브는 최대 40만 원에서 최하 0원까지 차이가 났다. 난 일등이 되기 위해 악착같이 일했다. 고객 상담에 적합한 성격이나 말솜씨 덕도 보았겠지만 삼십 대에 다니던 직장에 비하면 몇 해만에 너무나 줄어버린 월급을 인센티브로 조금이라도 벌충하려는 의지와 욕심이 컸다.

콜센터마다 실적 평가 기준이 어떻게 정해져있든지 나는 회사가 요구하는 기준에 맞춰 실적을 올리려고 최대한 영리하게 굴었다. 콜 수나 대기시간을 중요하게 보는 콜센터에서는 밤새도록 화장실도 몇 번 가지 않고, 후처리나 휴식 버튼도 잘 누르지 않고 쉼 없이 콜을 받았다. 난 야간 상담사이자 남자 상담사로서는 흔하지 않게 이달의 상담사로 뽑혀 한 달 동안 커다란 얼굴 사진이 상담사 명예의 전당 벽에 붙는 영예(?)를 누렸다. 다른 콜센터에서는 주로 상담 품질 모니터링과 업무 능력 시험 성적에 비중을 두어 실적 평가를 했다. 난 콜 수가 중요하지 않은 걸 알아채고 한 콜 한 콜에 집중하는 상담으로 온갖 콜 품질 평가 항목을 완벽하게 지켜 거의 만점을 얻어냈다.

카드사 본사 직원들이 가끔 업무 참고용으로 열어보거나 승진 시험 준비 때나 볼 것 같은 두툼한 '업무방법서' 복사본을 학창시절처럼 매달 시험 전에 벼락치기 공부로 외워 업무 능력 성적도 늘 좋게 거뒀다. 시험 문제는 야간 콜센터 상담에서는 거의 쓰이지도 않는 업무 내용이 대부분이었고, 관리자는 제발 시험 공부 조금이라도 하라고 복사본을 나눠주면서도 실제로는 어느 상담사도 공부할 거라는 기대를 하지 않았다. 난 언제나 악착같이 굴어 좋은 평가를 받은 덕에 우수 상담사로 추천받아 회사에서 보내주는 단기 해외연수까지 다녀왔다.

성실히 상담하는 상담사가 있는가 하면, 바쁜 동료들
신경 쓰지 않고 자주 자리를 비우며 설렁설렁 근무하는 상담사도
있었다. 친절한 상담사가 있는가 하면, 고객에게 툭하면
윽박지르고, 화를 내며 싸우기를 반복하는 상담사도 있었다.
열심히 일하는 상담사에게 동기를 부여하고 보상을 주기 위해
인센티브가 필요하다는 데에는 평가의 대상인 상담사 누구도
반박하지 못할 것이다. 하지만 기본급이 수년간 제자리였던
상황에서 더 가져가고 싶으면 경쟁에서 승리해 인센티브를
받아가야 하는 구조는 성실하고 친절한 상담사들조차
만족시키지 못했다. 또 이미 인센티브를 포기한 불성실하고
불친절한 상담사를 정신 차리게 하지도 못했다.

실적 경쟁은 늘 상대평가였다. 인센티브의 총액은 정해져
있었고, 성적별로 차등해서 나눠 가져가는 방식이었다. 굳이
관리자의 노골적인 실적 압박이 없다 해도 월급날 계좌로
입금되는 인센티브를 포함한 임금의 차이가 경쟁의 승리와
패배를 의미했다. 늘 조금이라도 더 벌어가고 싶었던 나도
제로섬 게임처럼 매달 치러지는 무작위 콜평가와 시험 성적으로
평가받고 싶지는 않았다. 다른 사람이 덜 받은 만큼 더 가져가는
방식보다는 경력과 숙련성을 인정해 주는 안정적인 수당을 받고
싶었다. 아무 수당 없이 몇 년 동안 신입 교육을 지원하고 관리자
휴가 때 대직 근무를 서던 선임 상담사 업무를 임금으로 적절히
보상받길 원했다. 나 못지않게 성실하고 친절하게 상담하던

동료가 업무와 크게 상관없는 지식으로 등수를 가리는 시험을
망쳐 인센티브를 제대로 못 받는 것을 보면 기분이 썩 좋을 리
없었다. 내가 경쟁에서 이기는 동안 다른 누군가는 늘 지고
있었다. 미안했지만 내가 바꿀 수 없는 구조라고 생각했고,
당장은 내 삶이 우선이었다.

　　물론 나는 알고 있다. 오직 운이 좋았던 덕에
　　나는 그 많은 친구들보다 오래 살아남았다.
　　그러나 지난 밤 꿈속에서
　　이 친구들이 나에 대해서 이야기하는 소리가 들려왔다.
　　"강한 자는 살아남는다."
　　그러자 나는 자신이 미워졌다.

　　스무 살 무렵 시집이 닳도록 읽었던 브레히트의 시
〈살아남은 자의 슬픔〉이다. 그 땐 시를 읽으며 많은 친구들의
좌절 속에 입시 경쟁에서 살아남은 죄책감을 기억하려 했다.
그 죄책감을 덜게 된 건, 대학을 졸업하고도 취업을 못 한 채
아르바이트를 전전하며 지내던 어느 날 버스에서 한 고등학교
동창을 만났을 때였다. 공부와는 거리가 먼 소위 '노는 아이'였던
친구는 고등학교를 졸업하자마자 군대를 다녀와서 정신 차리고
직장에 들어갔고 일찍 결혼해서 애도 낳아 잘 살고 있다고
자랑스럽게 말했다. 얼마 전에 스키장 다녀온 얘기를 하며 나에게

스키 타봤냐고 물었다. 스키는커녕 중학교 급식실에서 일하는 아르바이트 인생이라고 하자 그는 학교 다닐 때 공부 꽤 하지 않았냐며 얼른 제대로 된 일자리를 구하라고 어깨를 툭 치고는 버스를 내렸다. 나는 신기하게도 그때 기분이 나쁘지 않았다. 지난날의 죄책감이 어쩌면 입시경쟁의 승리에 너무 큰 의미를 부여한 내 오만함 때문이었나 하는 생각을 했다.

아무도 부러워하지 않을 콜센터 상담사 시절 경쟁에서의 승리 경험에 또 괜한 의미를 부여하는 착각을 하는지도 모르겠다. 부디 착각이길 바란다. 인센티브 경쟁에 지쳐 떠난 과거 콜센터 동료들이 지금의 나보다 훨씬 잘 살아가고 있을 거라 믿고, 꼭 그러길 바란다. 언젠가 나를 우연히 만나면 콜센터를 떠나 넓은 세상에서 신나게 잘 살아온 삶을 자랑했으면 좋겠다.

타인의 삶

2021년 2월 보건복지부 자살예방 전화로 상담을 했던 여성은 개인 휴대폰으로 문자 메시지를 받는다. 따로 만남을 원하는 사적인 감정이 담긴 이 문자를 보낸 사람은 자살예방 상담을 진행한 남자 상담사였다. 피해 여성은 상담전화 시스템의 개인정보를 이용해 연락을 시도한 상담사의 행위에 큰 충격을 받았다. 폭력적이고 일방적인 감정 표현이나 행위를 가벼운 로맨스인 양 다루는 드라마에 익숙해진 일반인의 시선에서 보면 오히려 사건의 심각성이 잘 다가오지 않는다. 사건을 다룬 뉴스에서도 담당 공무원은 별로 큰일이 아닌 것처럼 인터뷰를 한다. 콜센터 상담사로 일하며 고객의 개인정보를 다루는 일에 대해 제대로 교육받았다면 저 사건이 얼마나 심각한 직업윤리 위반인지 알 것이다.

카드 부정사용 모니터링 중에 사고 여부를 확인하기 위해 연락을 하면, 일부 고객들은 카드사 시스템이 왜 카드 이용 정보를 실시간으로 모니터링하는지, 상담사가 왜 고객의 개인정보를 조회해 연락을 하는지 불만을 드러낸다. 사고 예방 업무를 하는 입장에서는 답답하지만, 자살예방 상담전화 사건처럼 상담사가 직접 개인정보를 사적으로 이용한 경우가 아니라도 수년간 금융권에서 심각하고 광범위한 개인정보 유출 사고가 여러 번 발생했으니 고객으로서는 불안해하는 게 당연하다. 고객이 걱정하는 것과 반대로 금융범죄 피해를 막기 위해 모니터링을 하는 중이며 상담사가 정보를 조회하는 권한도 업무에 따라 철저하게 제한된다고 이해를 구한다. 민감한 금융정보를 다루기에 카드사를 포함해 금융권의 정보 보안 정책은 타 회사나 공공기관보다 유난히 엄격하다. 모니터링을 위해 매일 열어야 하는 전산상의 몇몇 화면은 접속할 때마다 '업무상 알게 된 개인정보를 누설하거나 다른 사람이 이용하도록 제공하는 경우 5년 이하의 징역 및 5천만 원 이하의 벌금에 처한다'고 경고하는 팝업창이 뜬다.

　　개인정보 유출이라는 실제 피해에 대한 불안을 넘어 낯모르는 타인이 자신의 내밀한 삶을 함부로 들춰본다는 사실 자체에 거부감을 느끼는 고객들도 있다. 고객은 사고가 나더라도 자신이 책임질 테니 카드 이용 내역을 모니터링하지 말고 아무 연락도 하지 말라고 요구한다. 모니터링을 진행하다 보면 고객의 거부감을 지나친 예민함이라고 하기도 어렵다고 느끼게 된다. 지금 세상에서 개인의 소비는 대부분 카드로 이루어지고 하루에 많게는 십수 번씩 결제되는 카드 이력은 개인 삶의 궤적을 적나라하게 보여준다. 카드 결제 이력 속에서 사고를 잡아내기 위해 데이터 너머 고객의 시시콜콜한 삶까지 추정하고 상상해야 하는 순간이 있다. 업무에 몰두한 이 순간에 고객의 삶을 평가하며 직업 윤리를 망각할 위험이 따른다. 부정사용 모니터링을 하는 이유가 빅브라더처럼 타인의 삶을 함부로 훔쳐보려는 게 아니라 금융범죄를 막기 위한 것이라는 믿음을 고객에게 주기 위해서는 타인의 삶 그 자체인 카드 사용 내역을 들여다보는 내내 조심스럽고 신중한 태도를 가져야 한다. 이때 가진 마음속 태도가 고객과의 상담에서 나도 모르게 밖으로 드러나기 때문이다.

김애란 작가는 단편소설 「나는 편의점에 간다」에서 타인에게 사생활을 침해받지 않고 익명성의 세상에 숨어있고픈 현대인의 딜레마를 흥미롭게 풀어낸다. 주인공은 홀로 사는 보통의 현대인들처럼 동네 편의점에서 생필품 구입을 해결하는 여성이다. 그는 편의점에서 지극히 편안함을 느낀다. 편의점은 필요한 물건을 사기 위해 드나들며 마주치는 수많은 사람들이 서로의 삶에 대해 아무것도 모르고, 관심도 없고, 간섭하지도 않는 공간이다.

주인공은 처음에 세븐일레븐에서 필요한 생필품을 산다. 그곳에 발길을 끊는 건 오지랖 넓은 수다쟁이 사장 아저씨가 자주 오는 그를 알아보고 사적인 관심을 드러내는 질문을 자꾸만 던진 후다. 두 번째 단골로 삼은 편의점은 패밀리마트였다. 콘돔을 사는 그를 보고 마트 주인이 미심쩍어하더니 다른 손님 앞에서

나이를 물으며 신분증을 요구하고 나서부터 그곳도 더 이상
가지 않는다. (소설이 쓰인 2003년 당시였다면 다를 수 있지만
현재 시점에서라면 주인이 잘못하긴 했다. 지금은 편의점에서
미성년자의 일반형 콘돔 구매가 합법이라 신분증을 요구할
권리가 없다.) 주인이 자기를 볼 때마다 '콘돔 샀던 여자'라고
기억을 되새길 것 같은 불편한 느낌이 들었기 때문이다.

　　주인공은 마지막으로 큐마트라는 편의점에 정착한다.
큐마트에서 사장 부부를 대신해 주로 계산대를 지키는
아르바이트 청년은 물건 판매를 위해 꼭 필요한 말을 할 때
빼고는 늘 침묵으로 그를 대한다. 분명히 청년은 마트에서 사는
상품 종류와 개수, 구매 패턴을 통해 그가 독신임을 짐작하고,
식습관부터 내밀한 성생활까지 파악했을 거다. 언젠가 한번
고향으로 보낸 편의점 택배 때문에 고향 주소도 알 것이다.
그런데도 청년은 노골적으로 관심을 보이거나 그의 삶에 오지랖
넓게 침범해 들어오지 않는다. 세상의 타인들 중 유일하게
자신의 내밀한 삶을 다 알면서도 묵묵히 비밀을 지키고 보호해
주는 청년에 대한 상상은 묘한 흥분을 불러일으킨다. 그에 대해
알고 싶어진다.

　　어떤 난처한 상황을 겪으며 혼자만의 상상은 깨진다. 청년은
자신을 전혀 알아보지도 못하고 기억하지도 못한다. 편의점
아르바이트 청년에게 주인공은 삼다수나 디스 담배, 십 리터
쓰레기봉투를 사가는 수많은 손님 중 한 명이었을 뿐이다.

또 한때 매력적으로 보이던 청년의 무심하고 쿨한 태도도 달리
보인다. 편의점 앞 끔찍한 교통사고를 당한 소녀의 흐트러진
옷매무새를 두고 청년의 관음 욕망이 아무렇지도 않게 드러나는
순간을 목격한 후다. 서로에 대해 관심 없고 간섭하지 않는
덕분에 숨어있기 좋았던 익명성의 세계, 스스로 '거대한 관대'라
이름 붙였던 세계는 주인공에게 갑자기 낯설어진다.

　　상상을 하나 해본다.
　　한 고객이 콜센터 상담사에게 무리한 민원을 제기하며 빨리
처리 결과를 알려달라고 요구한다. 며칠을 기다려도 연락이
오지 않자 화가 난 고객은 콜센터로 다시 전화해 이전에 통화한
상담사를 바꾸라고 호통친다. 그 상담사의 동료는 전화를
바꿔줄 수 없다고 양해를 구한다. 고객이 계속 이유를 물으며
추궁하자 동료 상담사는 주저하다 고객과 통화한 그날 민원을
받은 상담사가 불의의 사고로 세상을 떠났다고 말해준다. 뜻밖의
이야기에 당황한 고객은 혹시 자신의 민원과 관련이 있는
일이냐고 묻고, 그건 아니라는 답을 듣는다. 거참, 유감이군요.
약간 안도하며 전화를 끊은 고객은 상담사의 죽음에 더 이상
관심을 갖지도 슬퍼하지도 않는다. 상상 속의 고객을 특별히
피도 눈물도 없는 인간으로 설정할 필요는 없다. 상담사의
죽음에 일말의 책임이라도 느낄 이유가 사라진 이상, 상담사는
고객에게 완전한 타인이다. 늘 정성을 다해 모시겠습니다, 희망을

드립니다, 사랑합니다, 행복하세요, 라고 환히 웃으며 인사하는 상담사는 고객에게 실제로 그렇게 낯선 존재, 아무것도 아닌 존재다.

바꿔놓고 상상해도 마찬가지다. 상담사가 강성 민원 고객이 만족하지 않을 답변을 전하려 연락했다가 고객의 죽음과 마주했다 해도 다르지 않을 것이다. 고객 역시 상담사에게는 우연히 스쳐가는 낯선 타인이다.

흔히들 상담사를 인류애 상실하기 딱 좋은 직업이라고 말한다. 감당하기 어려울 정도로 많은 타인을 대하며 종종 인격 모독을 일삼는 고객들에게 시달리는 탓이리라. 비록 밥벌이를 위해 친절의 가면을 쓰지만 고객의 언어폭력에 상처받지 않기 위해 마음의 방어벽을 쌓고 타인에게 무관심하고 냉담해진다.

타인의 삶에 대한 연민을 상실하고 나면 인간 혐오로 가는 길은 멀지 않다. 단편 소설 속 아르바이트 청년의 무심한 태도에 숨겨진 잔인함도 마트를 찾은 진상 손님에게 몇 번쯤 호되게 당한 것이 시작이었을지도 모른다. 고객도 마찬가지다. 자살예방 상담전화에서 개인정보 유출 피해를 입은 여성은 다시 힘든 상황에 처했을 때 도움을 청하는 전화를 할 수 있을까. 사건 이후 더욱 마음의 문을 닫아 걸지 않았을까.

서로의 삶에 대해 아무것도 묻지 않는 '거대한 관대'의 세계가 익숙하고 편안했지만, 이젠 그 세계마저 낯설어진 단편의

주인공에겐 어떤 선택지가 남아있을까. 언제나 어려운 삶의
과제는 세상의 어떤 폭력적 속성에 맞서 자기를 지켜내면서도
인간 혐오에 빠지지 않고 타인과 함께 살아가는 법을 배우는
일이다.

가끔은 낯선 사람들이 말 붙이기 어려워 보일 수도 있고
그들의 의도를 의심할 수도 있지만, 여러분도 다른
사람들에게는 낯선 사람이라는 걸 기억해야 해요. 그렇지만
여러분은 좋은 사람이잖아요?

몇 년 전 EBS로 작심삼일 영어회화 공부를 하다 마음에
와닿던 문장이다. 그날의 회화 주제는 낯선 사람(Stranger)이었다.
언제까지 계속할지 모르지만 현재까지 해온 야간 상담사 생활은
욕설보다는 고맙다는 말을 훨씬 많이 들었고, 굳이 감사 인사를
받지 못했다 해도 어려움에 처한 많은 고객의 삶을 구해낼 수
있던 시간이었다. 그 사이 내가 겪은 무례하고 폭력적인 인간들은
세상의 무수한 타인들 중 극히 일부였다.

내가 파악할 수 없는, 그래서 죽은들 슬픔조차 느끼기 어려운
수많은 타인들은 어디에선가 나처럼 타인의 삶을 위한 노동을
하고, 세상을 구하는 삶을 살고 있다. 떡집에서, 김밥집에서,
아파트 보일러실에서, 지방의 작은 의자 공장과 먼 나라의 큰
노트북 공장에서……. 덕분에 지금 나는 떡집 사장님인 친구

경호가 보내준 떡으로 떡볶이를 만들어 동네 김밥집에서 사온 김밥을 곁들여 점심을 먹고 따뜻한 난방이 작동되는 아늑한 방에서 편안한 인체공학 의자에 앉아 먼 나라 노동자들이 만든 노트북을 가지고 이 글을 쓰고 있다. 여기에는 수요와 공급 곡선이나 노동과 자본의 등가교환 같은 말로는 다 설명해 내지 못하는 신비한 무언가가 있다. 종종 관계가 삐걱거리고 어긋나기도 하지만 우리는 모두 타인 덕분에 살아간다. 타인에게 좋은 타인이 되어야 할 이유다.

6장.

밤은   계속된다

달밤에 스쾃

스쾃 운동을 처음 권한 동료는 콜센터 시절 일 년 반쯤 함께
일했던 정우 씨였다. 여느 새벽처럼 난 엉덩이를 길게 빼고
의자에 늘어진 채 통화 대기 중이었다. "형, 이렇게 퍼져있다가는
금방 몸이 골로 가요." 그는 어렵지 않고 효과가 큰 최고의
운동을 가르쳐 주겠다며 내 어깨를 붙잡아 일으켰다. 어릴 적
벌 받던 투명 의자 자세를 닮은 맨몸 스쾃이었다.

　　얼핏 보면 쉬워 보였지만 앉았다 일어나기를 정확한
동작으로 반복하는 스쾃은 30개를 채우기도 어려웠다. 꾸준히
계속하면 자세도 점점 더 좋아지고, 개수도 늘어날 거라 했지만
저녁엔 끝없이 이어지는 콜로 짬을 낼 수 없었고, 콜이 줄어드는
새벽엔 지쳐서 몸을 움직이는 것 자체가 귀찮아 빼먹기 일쑤였다.

　　어느 날 정우 씨는 연락도 없이 갑자기 출근하지 않았다.
나중에 파트장에게 몸이 안 좋아 퇴사한다는 연락이 왔다고 했다.

　　사고예방 모니터링 부서로 옮겨 새로운 업무를 배워갈
즈음, 오랜 콜센터 야간 격일 근무의 여파가 건강에 영향을
주기 시작했는지 검진 결과가 안 좋았다. 특히 중성지방 수치는
굉장히 올라 고지혈증 초위험 단계였다. 황당한 수치에 결과가
잘못 나왔다 생각하고 보건소를 찾아 재검을 받았지만 정상보다

십여 배 높은 중성지방 수치는 그대로였다. 몸에 별 이상 징후는 없다고 했더니 의사는 아직 젊은 기운으로 버티는 거라며 이대로 나이를 더 먹게 되면 건강에 큰 문제가 생길 거라고 경고했다. 겁이 덜컥 났다. 약물 치료도, 식사요법도, 운동도 바로 시작하기로 했다.

모니터링 부서는 콜센터보다 한번 출근 때 야간 근무 시간이 길었지만 대신 주중에 비번일이 있어 시간 여유를 가질 수 있었다. 비번일이나 아침에 퇴근해 자고 깬 저녁이면 동네 달리기도 하고, 수영도 했다. 새로운 업무에 어느 정도 적응을 하고 나자 일하는 자리에서 새벽마다 다시 스쾃을 시작했다. 휴식 시간을 제외하면 밤새도록 모니터 화면에서 눈을 떼지 못하는 업무였지만, 늦은 밤이나 새벽에 조사해야 하는 데이터가 좀 줄면 모니터를 보면서 속으로 숫자를 세며 빠른 맨몸 스쾃 동작을 했다. 삼십 개, 백 개, 이백 개, 오백 개… 계속하다 보니 정우 씨 말대로 개수가 계속 늘어갔다.

해마다 건강검진 철이 다가오면 긴장을 한다. 나이는 속일 수 없는지 정상으로 돌려놓은 건강검진 목록의 몇 가지 수치는 식사나 운동 습관에서 잠깐만 긴장을 늦추면 다시 올라간다. 직장 의료보험에 가입한 모든 야간 근무 노동자들은 일반 건강검진 말고도 매해 의무적으로 특수근무자 건강검진을 통해 야간작업과 직접 관련이 깊은 수면장애, 심혈관질환, 소화기질환

등을 추가로 검사받는다. 동료들도 대부분 약한 수면장애는
기본이고, 고혈압, 고지혈증, 위장질환 등을 조금씩 달고 지낸다.
서로의 결과를 공유하며 나누는 고민에는 진짜 건강 걱정도
있지만, 실제 몸의 이상보다도 건강검진 수치가 반복해서 안
좋게 나와 야간 작업 부적합 판정이라도 받으면 어쩌나 하는
현실적인 우려가 있다. 다들 오랜 야간 상담에 지쳐 밤샘 일을
힘들어하긴 했지만, 누구도 주간 업무로 전환배치되기를 원하지
않았다.

　　2018년 주당 52시간 근무제(연장 근로시간 12시간 포함)의
시행은 노동자의 삶의 질 개선에 있어 긴 호흡으로 볼 때
의미 있는 진전이었다. 2021년 7월 이후 5인 이상, 50인 이하
사업장까지 확대 적용된 이후에도 주변의 지인들 사정을 보면
많은 중소기업 노동자들이 노동시간 단축의 혜택을 받지 못한
채 수당도 제대로 받지 못하는 야근을 하며 지낸다. 이들에게
주당 연장 근로 제한을 철저하게 지키는 일은 여전히 다른 세상
일에 속한다. 고용 유지가 절실한 노동자의 사정을 이용해 법을
무시하는 사례에 가깝다.
　　애초에 주당 52시간 근무제는 모든 노동자가 한 주에
52시간을 근무하도록 규정하거나 권고하는 제도가 아니다.
기본 하루 8시간, 주당 40시간 근무를 원칙으로 하되, 특별한
사정이 있을 경우에 한해 최대 주당 12시간까지 연장근무를

허용한다는 취지의 제도다. 52시간제 실시 이후 상대적으로 여유 있는 임금을 받는 공공부문이나 일부 대기업 사무직 노동자들은 저녁 6시면 컴퓨터 전원이 자동으로 꺼져 강제 퇴근할 정도로 만족스러운 '저녁이 있는 삶'을 얻었다. 하지만 최저임금 시급 기반의 생산직 노동자들은 부족한 임금을 보충하기 위해 주당 52시간을 꽉꽉 채우는 노동시간 연장을 받아들인다. 주당 52시간이라면 한 주에 3일을 아침 9시부터 밤 10시까지 일해야 채우는 장시간 노동이다.

추가 근로수당을 위해 장시간 노동을 감수하는 생산직 노동자들처럼 나와 동료들이 야간노동을 계속하길 원하는 이유도 야간 근로수당 때문이다. 최저임금보다 크게 높지 않은 시급이 책정되기에 야간수당이라도 더하지 않고는 생활을 유지하기가 어렵다. 홀로 생계비를 벌어 부양해야 할 가족이 있는 야간 상담사들은 이마저 충분하지 않아 결국 「투잡 유행」에서처럼 심신을 재충전할 시간을 포기하고 더 일할 거리를 찾는다. 자녀가 없이 맞벌이를 하는 나는 적게 벌어 적게 쓰고 사는 삶에 적응해 그럭저럭 살아간다. 사정이 달랐다면 나도 일하지 않는 시간에 이런 글을 쓸 마음과 시간의 여유를 갖지 못하고 동네 식당이나 편의점에서 파트타임을 구하거나 배달 앱 라이더가 되어 부족한 임금에 더할 돈을 벌고 있었을 것이다. 한 진보 정치인이 언론 인터뷰에서 경찰과 의료인력 등 필수 직군을 제외한 야간노동을 법으로 제한하는 입법을 추진하려 한다고 했을 때, 선의에 공감하면서도 쉽게 실현되기 어렵다 여겼고, 내심 원하지도 않았다.

　　당장 모든 야간 노동자가 일과 삶의 균형을 찾는 이상적인 해결책은 아니더라도 어느 정도 풀어갈 방향은 이미 나와있다. 낮과 밤을 가리지 않고 24시간 돌아가는 현대 사회의 흐름에서 야간노동과 야간 노동자라는 존재가 하루아침에 없어지거나 획기적으로 줄어들기는 어렵다. 모두가 자는 시간에 깨어 일하는 야간노동이 누군가는 꼭 해야 할 일이지만 누구나 하기는 힘든 일이라면 야간노동의 가치는 지금보다 더 높게 평가되어야 한다. 또 노동자가 건강하게 야간노동을 지속할 수 있는 환경을 만드는 게 필요하다. 단지 임금을 높이는 문제만이 아니다. 매해 건강검진을 한다 해도 야간노동의 근무 일수나 업무 강도가 줄어들지 않으면 건강 문제로 야간노동을 지속하지 못하는 노동자의 숫자는 늘어갈 것이다. 현재 일하는 부정사용 야간 모니터링 부서에서는 몇 년 전부터 정부 시책에 맞춰 그동안 주어지지 않던 공휴일 근무에 대한 수당과 대체 휴가가 생겼고 근무 정원도 조금씩 늘고 있다. 매일, 매주, 매월 근무 스케줄에 여유가 생겼고, 임금 상승 효과도 어느 정도 가져왔다. 그 정도 변화만으로도 새벽마다 피곤에 찌들었던 얼굴이 조금 펴지고 여유를 찾을 수 있었다. 당연히 업무 효율도 올라갔다.

서울신문에서 2020년 기획한 달빛노동 리포트에는
세상에서 가장 끔찍하고 안타까운 목록이 나온다. 그 해 상반기
동안 산업재해로 사망한 야간 노동자의 죽음을 알리는 부고
목록이다(이마저도 근로복지재단에서 조사하고 승인한 최소
수치일 뿐 확인되지 않은 사례가 훨씬 많아 통계를 정확히
내기도 어렵다고 전한다). 웹상에 올라온 노동자의 부고
하나하나에는 국화꽃 사진이 놓여있다. 공장 생산직 노동자, 택배
노동자, 경비 노동자, 건설 노동자, 택시 기사, 식당 노동자…
내가 어느 아침 퇴근하고 야간 근무자 특수건강검진을 받으러
갔을 때 병원을 꽉 채우고 있던 이들, 밤샘 노동으로 피곤에 찌든
눈빛에 서둘러 오느라 단정하지 못한 옷차림을 한 노동자들 중에
그들이 있었다. 헤아릴 수 없는 수많은 밤들, 나와 다른 공간에서
야간노동을 함께 한 연대의 마음으로 고인들의 명복을 빈다.

　　무단결근에 이어 갑작스러운 퇴사를 한 지 얼마나 지났을까,
정우 씨가 동료들에게 인사도 못 하고 그만두어 미안했다며
늦은 밤에 간식거리를 사들고 찾아왔다. 몸은 좀 괜찮아졌냐고
물으니, 큰 병은 아니고 갑자기 스트레스성 탈모가 왔다고 한다.
머리에 구멍이 크게 난 걸 본 아내가 당장 회사를 그만두라고
했단다. 조금 쉬다 보니 나아져 다른 업체 콜센터 야간 상담 일을
구했다고 한다. 야간 상담하다 탈모가 와서 회사 때려치워놓고
왜 또 야간 상담이냐고 물으니 그래도 근무 시간이 조금 줄고

월급은 조금 늘었다며 웃는다. 아무튼 축하한다며 그의 모발이
어서 빨리 회복되기를 빌어주었다. 맨몸 스쾃을 꾸준히 하겠다는
약속과 함께.

난 요즘도 일하는 사무실에서 달밤에 스쾃을 한다.

너무나 비극(非劇)적인

이른 아침부터 병원 근처 편의점에서 큰 금액의 카드 결제가
계속되자 바짝 긴장했다. 며칠 전 병원비를 결제하고 몇 시간 뒤
귀금속점에서 쓰인 카드를 무심결에 지나쳤다가 고객이
분실신고를 하고 나서야 뒤늦게 사고였음을 확인했던 터였다.
병원은 범죄와 별로 상관 없을 것 같지만 낯선 이들이 자주
드나드는 장소인지라 외부인이 습득하거나 훔친 카드를 가지고
나가 부정사용을 하는 분실·도난 사고가 가끔 발생하곤 했다.
급히 등록된 휴대폰 연락처로 전화를 걸어보지만 받지 않는다.
카드 명의자는 고령의 고객이다. 카드를 잃어버린 줄도 모르고
아마도 병실에서 수면을 푹 취하고 있을 시간이다. 카드를 일시
정지하고 나서도 이어지던 고액 결제 시도는 몇 차례 거절된
후에 끝이 났다.

　좀 이상한 느낌이 들어 아침 내내 몇 차례나 통화를 시도한
끝에 겨우 연결이 된다. 가라앉은 목소리로 전화를 받는 이는
카드 명의자의 딸이다. 부친의 카드가 분실 위험이 있어
정지했다고 알리니, 부친이 밤 사이에 임종하여 장례 준비를
하느라 이것저것 결제하고 있었다고 한다. 경황이 없어 전화를
받지 못해 죄송하다는 딸에게 무슨 말을 해야 할지 머뭇거리던
나는 본인확인 절차를 진행하고 정지 해제 처리를 한 후 고인에

대한 조의를 표하고 전화를 끊었다.

　FDS 부정사용 모니터링 부서에 들어와 업무를 익히던
초기의 일이다. 업무 절차를 어긴 건 아니지만 분실 사고 경험이
어느 정도 있었다면 하지 않았을 실수였다. 내 실수를 들은
옆자리 선임 동료가 이른 아침에 병원 편의점에서 고액 사용이
되면 통상 장례 관련한 정상결제일 경우가 많다고 알려주었다.
이용된 편의점들의 위치를 인터넷 지도로만 빠르게 찾아봤어도
병원 내 장례식장 안에 있는 것을 확인했을 텐데 조급한 마음에
그러지 못했다. 만약 등록된 연락처 정보가 정확하지 않거나
고인의 휴대폰을 자녀가 미처 확인하지 못해 통화 연결이 더
늦어졌다면 장례를 치르는 일에 지장을 빚고, 유족이 고인을
보내는 마지막 순간에 큰 누를 끼쳤을 거라 생각하니 심장이
덜컹했다.

　콜센터에서 일하던 어느 주말 밤, 전화 너머에서 굉장히
다급한 목소리가 들려왔다. 전화를 건 이는 자신이 어느 병원
간호사인데 응급환자 관련해서 가족에게 연락이 필요하다며
고객의 신상 정보와 연락처를 요청했다. 알려준 카드번호를
통해 검색한 모니터링 화면엔 젊은 나이 고객의 정보가 나왔다.
주변에서 무슨 긴급 상황이 생긴 듯 소란스럽더니 간호사는
죄송하다고 말한 뒤 누군가가 급히 부르는 소리에 응답하며
전화기 너머에서 사라진다. 전화를 바꿔받아 소속과 신분을

밝힌 경찰관이 차분하게 상황을 설명한다. 교통사고로 응급차에 실려온 환자의 몸에 신원을 확인할 수 있는 신분증이나 소지품이 없고 카드 한 장이 전부라고 한다. 환자의 생명이 굉장히 위급한 상황인데 신원 확인이 안 되어 가족 연락을 못 하고 있다고 했다.

어떤 상황인지 충분히 이해가 되었지만 콜센터 상담사로서도 난처한 상황이다. 고객정보 보호를 위해 제3자에게 고객의 개인정보를 함부로 알려줄 수가 없었다. 비슷한 상황은 자주 발생한다. 남편이 술에 만취한 상태로 잠깐 통화 연결이 되었는데 전화가 끊기고 나서 집에 들어오지 않고 전화기도 꺼져있어 불미스러운 사고가 걱정된다며 카드가 마지막으로 쓰인 사용처 위치를 알려달라는 아내도 있고, 갓 성년이 된 자녀가 집을 나간 지 수 개월째인데 연락이 안 된다며 카드를 어디서 쓰고 있는지 확인하고 싶어 하는 부모도 있다. 다들 절박한 목소리였지만 요청의 진위 여부를 확인할 방법이 없다. 아내는 단지 남편의 술버릇을 고치고 혼내주기 위해 정보를 캐고 있을 수도 있다. 집 나간 자녀를 찾기 위해 전화했다는 이는 빚을 받으려는 사채업자일 수도 있다. 설령 거짓 요청이 아님을 확인한다 해도 카드사 콜센터에서 본인의 동의 없이 고객의 개인정보를 가족 포함한 제3자에게 알려주는 건 엄격하게 금지되어 있었다. 안타깝지만 수사기관이나 119에 도움을 요청하거나 카드사에 정식으로 정보를 확인하기 위한 법적 절차를 밟으라는 답변밖에 해줄 수가 없다.

경찰관은 고객정보 관리에 엄격한 콜센터의 사정을 충분히 이해하고 있었다. 고객의 주민등록번호나 주소지를 자신에게 알려줄 수 없는 건 아니까 자택 전화번호가 등록되어 있다면 가족에게 연락해 병원 응급실로 전화하도록 전해달라고 요청했다. 급히 관리자에게 승인을 얻고 고객의 자택 연락처로 전화를 했다. 다행히도 전화를 받은 가족에게 조심스럽게 상황을 전달할 수 있었다.

나중에 경찰관이 알려준 업무폰으로 따로 전화해 보니 연락이 잘 되었고 가족들이 서둘러 병원으로 오는 길이라고 했다. 환자의 안부를 물으니 경찰관은 말이 없다. 아마도 환자의 안부는 경찰관이 원칙상 타인에게 함부로 말해주어서는 안 될 개인정보였을 것이다. 무거운 침묵에서 그저 안타까운 운명을 짐작할 따름이었다. 경찰관은 "그래도 빠르게 가족 연락이 되어 다행이지요."라며, 바쁠 텐데도 업무 협조를 해줘 고마웠다는 인사를 하고는 전화를 끊었다.

112신고센터를 배경으로 다루는 드라마 〈보이스〉에는 삶과 죽음의 아슬아슬한 경계에 놓인 이들을 구하는 긴장감 넘치는 이야기가 나온다. 신고센터 안의 상담사가 죽음 직전의 피해자도 구해내고, 잔인한 살인범을 잡는 데에도 공을 세운다. 드라마의 흥미를 위해 과장한 부분도 많겠지만, 범죄를 직접 다루는 112신고센터이니 현실에서도 특별히 긴박한 상황이 많이 있을

것이다. 카드사 야간 상담 부서에서는 사생결단의 갈림길에
서는 드라마 같은 일은 보통 일어나지 않는다. 위에 적은
일화 속 실수나 도움의 순간이 내가 카드사 야간 상담사로서
죽음과 만나는 방식이었다. 고객과 가족에게 닥친 죽음이라는
비극(悲劇)에 비하면 그 죽음에 상담사가 끼어든 에피소드는
너무나도 극적이지 않은 비극(非劇)이라고 하겠다. 아무리 사소해
보여도 고객에겐 절실한 이런 상황들이 야간 상담사가 모니터링
한 건, 상담 전화 한 콜마다 신중하고 책임감 있는 결정을 해야
하는 이유이기도 하다. 상담사의 삶은 안타까운 비극의 순간을
대할 때도 극적이지 않은 평범한 성실함을 필요로 한다.

줄어든 사나이

"내가 로또에 당첨되면 우선 람보르기니부터 사고……."

함께 일하는 동료 종민 씨가 매주 로또를 사 들고 와서 하는
말이다. 다른 동료들과 이어지는 대화도 늘 비슷하다. 람보르기니
말고 벤츠를 사라는 권유, 요즘 일등 당첨금이 줄어서 서울
강남에 좋은 아파트 한 채 살 돈도 안 된다는 불평, 당첨돼도
그 사실을 감추고 그냥 회사를 다니겠지만 매주 치킨 한 마리씩은
쏘겠다는 약속까지. 로또 당첨을 가정한 시시껄렁한 장밋빛
대화는 어디서든 다 비슷하지 않을까.

동료들의 로또 얘기에는 잘 끼어들지 못한다. 로또에
당첨되면 무엇부터 할까 생각해 보지만… 난 아직 로또를 한 번도
사본 적이 없다. 다들 신기해하며 왜 로또를 사지 않았냐고
물으면 어차피 당첨될 가능성도 거의 없는 로또를 사느니 그
돈으로 맛있는 거나 사 먹겠다는 아주 평범하고 현실적인 답을
하지만, 속으로는 조금 진지한 답도 갖고 있다. 로또를 사지 않는
이유는 진짜 당첨될까 봐 두려워서다. 여전히 돈이 해결해줄 삶의
문제를 많이 갖고 있지만 감당할 자신이 없는 너무 큰 행운이
갑자기 내게 올 거라고 생각하면 더럭 겁부터 난다.

콜센터에서 2년쯤 같이 일하던 형석 씨가 마지막으로 근무하는 날이었다. 급히 떠나게 되어 따로 송별의 자리도 마련하지 못해 새벽 휴식 시간에 얘기나 나누기로 했다. 그는 중국에서 사업을 10년 정도 했다. 한때 잘나가던 시절도 있었지만 우여곡절 끝에 사업을 청산하고 무일푼으로 귀국했다. 한국에 와서도 선배의 보증 문제를 뒤집어쓰는 바람에 그 빚 일부까지 갚고 있었다. 빚쟁이들에게 독촉을 받는 껄끄러운 사정 때문에 휴대폰도 없이 태블릿에 깔아둔 메신저로만 가족이나 가까운 친구들과 연락했다. 하지만 언제나 사업을 다시 일으킬 의욕으로 가득한 그는 늘 자신감이 넘쳐 보였다. 콜이 한가한 깊은 새벽엔 파트장 몰래(알고도 그냥 눈감아주었겠지만) 옷깃으로 이어폰을 감추고 틈틈이 스페인어 입문서를 공부했다. 지나다가 보고 뜬금없이 왜 스페인어를 공부하냐니까 별 계획은 없지만 뭐든 배워두면 나중에 사업을 할 때 쓸모 있지 않겠냐고 했다.

형석 씨가 콜센터 마지막 식사를 컵라면으로 때우는 게 마음에 걸려 집에서 만들어 온 펜네 파스타를 좀 나눠주었다. 한 입 먹고는 자기 입맛엔 별로라며 손도 안 댄다. 갑자기 그만두는 이유를 물으니 콜센터는 벌이가 적어 보증빚 갚기도 돈 모으기도 힘들다며, 일단 더 벌이가 될 일을 찾아 2년쯤 바짝 벌어 빚을 갚고 이천만 원쯤 자금을 마련하면 다시 중국으로 가 사업을 시작할 거라고 한다. 목소리를 낮춰 나만 알고 있으라면서

잘 하면 크게 터질 사업 하나를 구상했다고 말해준다. 설명을
들어도 잘 이해가 안 되는 무슨 스마트폰용 앱을 개발해 중국에
파는 계획이었다. 놀라서 언제 IT쪽 개발 기술까지 공부했냐고
묻자, IT쪽은 완전히 문외한이고, 아이디어만 떠올린 거라고
한다. 원래 사업할 때 실무는 사람을 쓰면 된다며 나에게도 아는
사람 있으면 소개해달라고 대뜸 청한다.

　　무모하고 과감한 저돌성. 저게 사업자 마인드구나. 대화 내내
파스타 맛 별로라고 한 말이 머리를 떠나지 않아 마음이 약간
상해있는 나와는 얼마나 다른가. 그는 소설가 발자크가 그려낸,
출세와 신분 상승을 욕망하며 세상과 투쟁하는 야심 가득한
주인공 같았다. 소설 속 주인공은 정의의 편에 섰다가 악의
유혹에 물들기도 하고, 성공의 정점에 올랐다가 상승한 높이보다
더 깊은 몰락을 겪기도 한다. 발자크는 이전투구로 가득한
세상에서 주인공이 될 자격이 있는 인물은 형석 씨처럼 자신의
욕망에 거리낌 없고 세속적 성공을 두려워하지 않는 야심가라고
믿었을 것이다.

　　내가 정작 형석 씨에게 해준 이야기는 발자크 소설이 아니라
전날 집에서 본 영화 〈놀랍도록 줄어든 사나이〉였다. 아주 오래전
만들어진 이 흑백영화에서 주인공 남자는 바다에서 요트를
타다가 어떤 버섯구름에 휩쓸리고 나서부터 몸이 점점 줄어든다.
사랑하는 아내가 거인처럼 보이자 굴욕감에 분노를 드러내고,

충격에 빠진 채 집을 나가 서커스단의 작은 난쟁이 여성을 만나서 연정을 품지만, 어느새 그보다도 작아진 자신을 발견하고 좌절한다. 작아진 몸 때문에 인형의 집에서 지내던 남자는 거대한 맹수가 된 고양이에게 쫓기다 지하실로 떨어져 거미와 목숨을 건 혈투를 벌인다. 점점 크기가 줄어들어 한 개의 점이 되어가던 남자는 지하실 창으로 보이는 하늘에 펼쳐진 우주를 보며 자신의 운명을 받아들인다. 우주의 모든 창조물은 크기와 상관없이 각자 의미를 지니며 자신 역시 마찬가지라고, 신에게 0이란 것은 없기에 자신은 여전히 존재한다고 독백하면서.

　　형석씨는 영화 얘기를 듣다가 빤히 쳐다보더니 내가 좀 이상하고 자기랑 다른 사람 같다며 웃는다. 나도 멋쩍게 웃는다. 그가 겁 없이 세상을 살아가는 방식이 부러웠지만 그렇게 살지 못하는 나 자신을 영화 이야기를 통해서라도 변명하고 싶었나 보다. 난 삶의 기회를 붙잡고 전력을 기울여야 할 순간마다 늘 멈칫하거나 회의에 빠졌다. 한 번도 삶에서 제대로 성공해 본 적이 없으면서 성공과 동시에 몰락하고 파괴될 내 영혼 따위나 지레 걱정했다. 당첨은커녕 로또를 사본 적도 없으면서 로또에 일등 당첨되는 것을 두려워했던 것처럼 말이다.
　　고백하자면 나라고 세속적인 인정 욕구가 없는 건 아니었다. 소설 속 주인공이 되기보다는 발자크처럼 세상을 정확히 관찰해낸 의미 있는 글을 쓰는 작가가 되어 세상의 인정을 받고

싶었을 뿐. 하지만 글을 써서 인정을 얻는 길은 사업가로
성공하는 길에 못지않은 재능과 노력이 필요했고, 난 너무 일찍
포기하고 말았다. 원하지 않았던 운명이었지만 자기 존재의
작아짐을 정직하게 받아들인 영화 속 남자와는 달리 난 스스로
쪼그라들기를 선택하고 세상과 정면으로 부딪히지 않으려
도망치고 있는 건 아닐까. 손에 닿지 않는 포도를 신 포도라
여기고 포기한 이솝우화 속 여우처럼. 성공에 대한 야망을 비워낸
머릿속은 늘 실패한 파스타의 맛을 개선할 방법 같은 사소한
고민과 잡생각으로 채워졌다. 백종원이 되고 싶은 것도 아니면서.

　　형석 씨가 퇴사하고 일 년쯤 지나서였나. 나도
사고예방센터로 이직한 상태였는데, 콜센터에서 함께 일하던
파트장과 연락이 닿았다가 형석 씨 소식을 들었다. 어느 날 밤
그가 카드 분실신고를 하려고 밤에 전화를 해서 따로 안부 통화를
했단다. 그는 이삿짐 사다리차 운행을 하고 있다고 했다. 자기
명의 휴대폰을 되살린 걸 보니, 보증으로 떠안은 빚의 굴레에서는
좀 벗어났겠구나 싶었다. 지금쯤이면 사업 자금을 다 모으고
중국으로 떠났을까. 코로나로 다시 사업이 위기를 맞았으면
어쩌나. 사다리차 일은 그에게 딱 맞는다는 생각이 든다.
실패하고 나락으로 떨어졌을 때조차 늘 높은 곳으로 비상하고픈
야심을 간직했던 그가 자신이 조종하는 사다리로 아파트 고층에
이삿짐을 올릴 때, 어서 빨리 자신도 쭉쭉 뻗어가는 사다리에

올라 아무도 닿지 못할 높은 곳으로 비상하는 꿈을 꾸지 않았을까.

여기 없는 삶

어릴 적 꿈이란 게 참 그렇다. 초등학생 시절 동네 경로당에
있는 이발소로 오백 원을 내고 머리를 깎으러 다녔다. 쌀쌀한
겨울 낡은 소파에 앉아 먼저 온 어른 손님의 수염을 깎는 모습을
구경하다가 대머리 이발사 아저씨에게 반해버렸다. 난방도 하고
손님 머리 감길 물도 끓일 겸 피워둔 난로에 두터운 면도솔을
갖다대 지지직 거품을 데우고 손님의 구레나룻과 턱수염에 바른
다음 가죽띠에 쓱쓱 문지른 면도날로 거품을 걷어내며 면도하는
모습이 참 멋있었다. 홀로 멍하니 손님 없는 이발소를 지키는
아저씨의 고독마저 평화로워 보였다. 이발 가위 하나만 있으면
평생 살아갈 수 있을 것 같았다. 잠깐 나의 꿈을 이발사로 정했다.
중학생이 되어 친구 따라 시내 큰 이발관에 가느라 경로당
이발소 가는 발길이 뜸해질 무렵, 그 꿈은 금세 잊어버렸다.

　　중1 도덕 시간에 발표한 나의 꿈은 삼륜 용달차에 밥해 먹고
잠잘 시설을 설치하고(지금으로 치면 수제 캠핑카?) 전 세계를
떠돌아다니며 방랑하는 여행가의 삶이었다. 일 년 사이에 꿈이
이발사에서 여행가로 바뀐 것이다. 한참 후 이발사도 여행가도
아닌 콜센터 야간 상담사로 살아가던 나는 공교롭게도 어린 시절
스쳐 지나간 나의 꿈을 현실에서 준비하거나 이미 실현한 이들을
만나게 된다.

싹싹하고 눈치 빠른 성격으로 상담 업무에 잘 적응했던 병호 씨가 콜센터에 들어온 지 석 달이 채 지나지 않아 퇴사 결심을 알렸다. 삼십 대 초반으로 이미 결혼도 하고, 아내와 맞벌이를 하며 아이도 키우던 그는 본인에게 상담 일이 잘 맞는다며 당분간 계속해 볼 의욕을 보였던 터였다. 아쉬웠지만 퇴사 후 계획은 잘 세우고 나가는지 물으니 아내가 준비한 인생 계획에 따르기로 했다고 한다. 피부관리사로 일하는 아내가 보기에 남편이 시작한 야간 콜센터 상담은 너무 불안하고 미래가 없는 일 같았다. 대신 미용사를 해보라고 제안했고 그는 아내 말대로 얼마 전부터 미용학원을 다녔다. 학원 다니는 일을 심야 상담과 병행하기가 어려워 퇴사하고 본격적으로 미용기술 배우기에 전념하기로 했다.

병호 씨 아내의 계획은 나름대로 근거가 있었다. 동네마다 미용실이 많긴 하지만 다른 업종에 비하면 폐업이 적고 주인이 바뀌지 않은 채 오래 유지되는 편이다. 변두리 동네 미용실 생존의 비밀은 흔히 아줌마 파마라고도 부르는 뽀글이 파마라고 했다. 경기가 안 좋아도 뽀글이 파마는 정기적으로 해야 하고, 가격은 십수 년째 크게 오르지 않는다. 아내의 피부관리실과 병호 씨의 미용실을 한곳에서 운영하며 동네 아줌마들의 인심을 얻어 일정 수 이상의 단골만 확보하면 큰 벌이는 못 해도 평생 안정된 가족 생계를 꾸려나갈 수 있을 거라는 생각이었다.

짧은 스포츠머리에 라운드티를 입고 무뚝뚝한 표정을 한 창진 씨의 첫인상은 약간 건달 같았다. 말을 섞고 보니 놀라운 친화력을 지닌 소위 '인싸'였다. 그는 나에게 상담 실습 교육을 받던 새벽 동안 틈만 나면 자신의 여행담을 풀어놓았다. 당시 삼십 대 중반이던 그는 스무 살 이후 내내 호주와 동남아 여러 나라를 떠돌아다니며 지냈다. 한국인 관광객들 상대로 가이드를 하거나 해외 체류 중 인연을 맺은 지인의 사업을 도우며 생계에 필요한 비용을 충당했다.

발 담근 사업 중에 제대로 성공한 것도 없고, 잘 되어도 어차피 자기 사업도 아니었던지라 돈은 한 푼도 모으지 못했다. 하지만 언제나 긍정 마인드인 창진 씨는 한국인 친구만이 아니라 외국인 친구 사귀는 일도 즐겨서 어느 나라를 가도 자기를 먹여주고 재워줄 많은 친구들이 재산이라며 자랑스러워했다. 새벽에도 외국인 친구들의 안부 연락이 왔다고 메시지를 보여주며 흐뭇한 미소를 지었다.

콜센터에서 오래 일해왔다는 나를 보고는 놀라워했다. 자기는 며칠 되지 않았는데도 헤드셋을 쓴 채 밤새 자리를 떠나지 못하고 있자니 답답하고 감옥에 갇힌 느낌이라고 했다. 한 달이나 되었을까 창진 씨의 방랑벽이 더 이상 견딜 수 없나 보다. 태국에서 알고 지낸 형이 필리핀에서 여행사 일을 시작하는데 도와달라는 연락을 받았다며 그는 훌쩍 떠났다.

    콜센터에서 잠시 스쳐간 인연으로 만난 두 사람은 어릴 적 내 꿈을 생각나게 해주었다. 그들에게 콜센터는 정반대의 의미였다. 아내의 조언대로 미용사가 되기 위해 떠난 병호 씨에게 콜센터는 뽀글이 파마 전문 미용사만큼의 안정된 삶도 보장하지 못하는 불안하고 전망 없는 거처였다. 방랑벽을 참지 못해 필리핀으로 날아가 버린 창진 씨에게 콜센터는 자신처럼 자유로운 영혼을 가두는 답답한 감옥이었다. 아무튼 그들은 저마다 분명한 이유를 가지고 꿈을 찾아 콜센터를 떠났는데, 어릴 적 동네 이발소에서 작고 소박하게 살아가는 이발사를 희망하기도, 세상을 자유롭게 떠도는 여행가를 꿈꾸기도 했던 나는 이후로도 오랫동안 여전히 이곳에 남아있다.

    아마도 난 코엔 형제의 영화 <그 남자는 거기 없었다>에 나오는 주인공의 운명을 두려워했던 것 같다. 주인공 에드의 직업은 이발사다. 하루하루 평범하고 권태로운 삶에 지친 그는 자신의 오랜 직업이 갑자기 지겹고 싫어진다. 그는 아내의 불륜을 알게 된 후 불륜 상대에게 협박 편지를 보내 돈을 뜯어내고, 우연히 만난 남자의 사업 투자 제안을 받아들여 새로운 삶을 꿈꾼다. 꼭 아내의 불륜에 대한 복수를, 비즈니스 세계에서의 성공을 바랐던 것 같지는 않다. 자신을 둘러싼, 또 자기 내부의 안정된 세계를 흔들어보고 싶은 열망에 빠졌던 게 아닐까. 그는 무료하긴 했지만 평온했던 이발사의 삶도 잃고, 답답한 삶의 감옥을 탈출해 어디론가 자유로이 떠나보지도 못 하고 파멸한다.

　　이발사의 삶을 살아도 좋고, 원한다면 자유로이 방랑하는
여행가가 되는 것도 괜찮다. 콜센터 상담을 뚝심 있게 평생
직장으로 선택한 삶도 충분히 의미 있다. 인생은 무언가를 얻으면
무언가를 잃는 선택이고, 원한다고 다 가질 수는 없다. 하나의
길을 선택한 후에 가지 않은 길을 아쉬워하는 건 차라리 낫다.
잃은 것이 분명해진 대신 무언가는 얻고, 비록 실패하더라도
무언가를 위해 노력한 삶의 흔적은 남는다. 문제는 선택의 갈림길
앞에 서서 머뭇거리기만 하는 삶이다. 그 사이에도 삶은 계속
흘러간다. 야간 상담사로 일하는 내내 난 아직 인생의 중요한
선택을 하지 않았다고 여겼다. 진짜 내 삶은 시작하지 않았고
여전히 진짜 삶을 준비 중이라고.
　　늦게서야 이미 난 많은 선택을 했다는 걸, 그저 선택의
책임을 회피하기 위해 선택 자체를 부정하고 있었다는 걸
깨닫는다. 내 삶은 여기에 있지 않다고, 여기 있는 건 진짜 내
삶이 아니라고 현실을 회피하는 일은 그만하자. 삶은 시작한 지
오래고, 언제 끝날 지 알 수 없는 그날을 향해가고 있다. 지금까지
내 삶의 작은 성취와 실패, 행복과 후회의 시간들을 온전히 내
선택의 결과로 받아들이고 난 뒤에야 아직 남아있는 다른 삶의
가능성도 모색할 수 있다. 나는 지나온 수많은 밤을 기억하며
앞에 놓인 미지의 밤들을 기꺼이 살아가려고 한다.

출간을 함께한 사람들

Chloe

ㄱㄱㅇ

강동헌

강솔

고가희

고아침

권순천

권창규

김경호

김규종

김규항

김대한

김민식

김병욱

김보경

김보은

김소연

김소연뿅

김영미

김영철

김원

김유진

김은주

김은희

김정희

김제희

김주현

김지현

김형석

김화용

김희철

노동자를 지지합니다

노치원

달밤에술한잔

라수

민트리

민희

박경섭

박나라

박성호

박세진

박용철

박우영

박우진

박은미

박은채

박장준

박지홍

박희정

반지수

배상민

백수영

보리

산책자들

서경

성윤상

세상

소사나

소완석

손경석

손희정

송세진

송인영

수현오빠찐팬최현정

시루자루가루

신미희

신성환

신환수

쓸모의 발견

안수희	이재임	찌니
양승관	이정은	채효정
양쑨이	이주연	최송화
양유경	이혜령	최아현
에스텔	임정수	최영일
연승훈	장국주	최예륜
연혜원	장주영	최재완
오로	장한별	최정
오희자	전솔비	최진규
유재인	전희진	카페 공드리
유현주	정(씨)직원	크레타섬
윤영	정광채	플라뇌즈
윤지원	정도원	한윤아
윤한솔	정해성	함석완
이동준	정희민	혜윤
이름씨	정희정	호모북커스
이산	조동주	홍기원
이성민	조연희	홍명교
이소희	조윤영	홍목성
이수진	조은비	
이슬기	주헌천	외
이심지	쥬연슌갱소다	무기명 후원자
이윤이	진세영	39명

나날문고 01
깊은 밤의 파수꾼

초판 1쇄 발행 2024년 1월 24일
초판 2쇄 발행 2024년 4월 30일

지은이 정수현
편집 김영글
디자인 어라우드랩
펴낸 곳 돛과닻

ISBN 979-11-968501-8-0

돛과닻
이메일 sailandanchor.info@gmail.com
웹사이트 sailandanchor.net
인스타그램 @sailandanchor

이 도서는 한국출판문화산업진흥원의 '2023년 중소출판사 출판콘텐츠 창작 지원 사업'의 일환으로
국민체육진흥기금을 지원받아 제작되었습니다.